台湾、ローカル線、そして荷風

Saburo Kawamoto

川本三郎

平凡社

台湾、ローカル線、そして荷風　目次

まえがき

この二〇一九年の七月で七十五歳になる。後期高齢者の仲間入りをする。

相変らず一人暮しが続いている。二〇〇八年に家内を亡くしてから十年以上になる。我ながらよくもっていると思う。

メイン州の小さな町の一軒家に住んだ詩人、作家のメイ・サートンは『70歳の日記』(幾島幸子訳、みすず書房、二〇一六年)のなかで七十歳の誕生日に、いまが「生涯でいちばん自分らしい」と書いている。

迷いがなくなり、自己不信に陥いることがない。若い頃のように愛情に振り回されることもない。落着いて仕事が出来る。

確かに、自分もまた七十五歳になろうとするいま、日々の憂いは若い頃に比べるとはるかに少なくなっている。

体力は確かに落ちている。さまざまな身体の故障もある。一人暮しの不自由さは日々痛感している。家内を亡くした悲しみも消えない。屈託は多々あるが、それでも、七十代のいま、若い頃に比べれば、はるかに平穏な暮しに恵まれている。

おそらくそれは、好きな世界をいくつか持っているからだろう。

まず、七十代になって台湾のことが好きになった。二〇一五年に何年かぶりかで行き、台湾の出版社の人たちや作家たちと知り合い、交流が深まった。以来、毎年、出かけるようになった。

次に、毎月のようにローカル線の旅をしている。日本各地の鉄道に乗り、小さな町を旅する。メイ・サートンは「オアシスとは静寂のこと」と書いているが、一人旅はかけがえのない静寂を与えてくれる。

そして荷風。絶えず荷風を読み、その暮しに触れることは独居高齢者のささやかな喜びになっている。荷風は七十九歳で死去した。いまその年齢を着地点として、人生の着陸態勢に入っている。乱気流に巻き込まれることなく静かにそこに向かって行きたい。

台湾、ローカル線、そして荷風

作家と戦争。

鹿児島市内に林芙美子の文学碑が建てられた。

桜島を目の前に見る城山観光ホテルの噴水広場。桜島と海を一望できる絶好の場所に、横に長い大理石の碑が据えられた。

四月二十二日の除幕式に呼ばれた。

鹿児島市は芙美子ゆかりの地。母方の林家は市内で漢方薬の店を営んでいた。母、林キクは桜島の古里《ふるさと》温泉の旅館で働いていたとき、愛媛県出身の着物などの行商をしていた宮田麻太郎と知り合い、二人のあいだに芙美子が生まれる（生地は福岡県門司市）。

芙美子は小学生の頃、市内の祖母に預けられ、山下小学校という学校に通っていた。ただ、祖母にはあまり可愛がられず、孤独で学校にも行かず、一人、城山にのぼり、桜島を見ることが多かったという。

文学碑を建てたのは、地元の運送会社、太陽運輸倉庫の創業者で会長の重久紘三《しげひさこうぞう》さん（七十五歳）。一代で同社を九州有数の運送会社に作り上げた人。林芙美子の甥にあたる。父親が芙美子と異父兄妹になる。

林芙美子と言えば、色紙によく書かれている「花のいのちはみじかくて　苦しきことのみ多かりき」の言葉が知られる。

しかし、この言葉には原型があったことが近年、わかった。林芙美子が『赤毛のアン』の翻訳者として知られる村岡花子に贈った詩稿が花子の家で見つかり、二〇〇九年、赤毛のアン記念館・村岡花子文庫で公開された。

それには、こうある。

「風も吹くなり
　雲も光るなり
　生きてゐる幸福《しあはせ》は
　波間の鷗のごとく
　漂渺とたゞよい

　生きてゐる幸福《こうふく》は
　あなたも知ってゐる
　私もよく知ってゐる
　花のいのちはみじかくて
　苦しきことのみ多かれど
　風も吹くなり
　　雲も光るなり」

重久紘三さんは、この詩を読んで感動したという。それまで知られていた「花のいのちはみじかくて　苦しきことのみ多かりき」で終わるのでは寂しすぎる。しかし、林芙美子は実は「苦しきことのみ多かれど　風も吹くなり　雲も光るなり」と続けている。

重久紘三さんは、この言葉に励まされ、これを刻んだ文学碑を作ることを決意したという。ちなみに、桜島にある文学碑のほうは、「苦しきことのみ多かりき」で終わっている。

林芙美子の新しい文学碑として貴重なものだろう。制作したのは鹿児島県在住の彫刻家の井上周一郎さん。イタリアの大理石を使っている。

重久紘三さんは、もともとは鹿児島県庁で働いていたが、「ここには自分のやりたい仕事、自分を生かせるような仕事はさせてもらえそうもない」という思いが強まり、七年あまりで退職、一九六八年にトラック六台、従業員十三人で運送会社を始め、現在のような大きな会社にしたという（太陽運輸倉庫株式会社『45周年記念誌』による）。痛快な九州男児である。

文学碑は全国に数多いが、個人が作る文学碑というのは、珍らしいのではないか。

東京から鹿児島までは鉄道で行った。

新幹線で小倉まで行き、そこで一泊し、次の日、小倉から日豊本線に乗る。朝早く出て、午後二時頃に鹿児島に着く。約六時間、鉄道の旅を楽しんだ。

日豊本線は小倉と鹿児島を結ぶ。ただ、現在、小倉から直接、鹿児島に行く列車はなく、途中、宮崎で乗り継がなければならない。宮崎での待ち時間が一時間もある。

それが難なのだが、この鉄道は大分に入ってから、海沿いを走るので車窓風景が素晴らしい。別府湾のパノラマ。リアス式海岸が次々にあらわれる臼杵―佐伯間。宮崎県に入ると、広々とした日向灘が見えてくる。

四月のこの時期、田園風景も新緑が美しく心なごむ。福岡県を走っているときは、青々とした麦畑。大分県、宮崎県に入ると水田が見えてくる。ちょうど田に水が入っている。そして鹿児島に入るともう田植えが始まっている。列車のなかからさまざまな緑の風景を楽しむことができる。

水田の風景が好きなので、毎年、四月から五月にかけて、ローカル線に乗りにゆく。例年は、水郡線か小湊鉄道だが、今年は久しぶりに小海線に乗った。

新宿から中央本線で小淵沢まで行き、小海線に乗り換える。人気鉄道で、平日でも混んでいるが、清里を過ぎ、長野県の佐久地方に入ると、観光客は少なくなる。生活列車になる。

小海線は「高原列車」と呼ばれているが、それでも青沼駅あたりから車窓に水田が見えてくる。高原レタスやキャベツばかりが特産ではない。意外と米どころでもあり、ブランド米「五郎兵衛米」が知られる。江戸時代初期、市川五郎兵衛という篤農家が、浅間山麓の佐久盆地に新田を開拓したことから、その名がつけられている。

小海線は千曲川に沿って走る。北陸新幹線と交差する佐久平駅の手前の中込駅で降りる。昔ながらの商店街のある町。ここには、高齢化社会の現在、人気が出ている寺がある。

成田山薬師寺。この寺の参道に二〇〇三年、「ぴんころ地蔵」が建立され、「ぴんころ詣」に訪れる人が多くなった。「ぴんころ」とは言うまでもなく「ぴんぴん長生きして、ころりと大往生する」意。佐久市は長生きする年寄りが多いので知られ、「健康長寿」のシンボルとして作られた。七十歳の身なので、この地蔵にお参りした。参拝者が多いので驚いた。あとで「ぴんころ地蔵」はいまや佐久市のシンボルとして観光ポスターにもあしらわれていると知った。

三月に出版された『芹沢光治良戦中戦後日記』（勉誠出版）を面白く読む。

芹沢光治良（一八九七―一九九三）は自伝的大河小説『人間の運命』で知られる。九十五歳で長逝したが、晩年も創作活動は衰えなかった。沼津市の生まれで、同市に文学館がある。戦前、東中野に住み、近くの落合に住む林芙美子と親交があった。

芙美子は随筆「交遊記」のなかで、「芹沢氏は私のうちの近くでいらっしゃるので、年に一度か二度お邪魔させてもらひますが、仕事のお話が出来てシゲキして貰へる友人です」と書いている。

『戦中戦後日記』は、昭和十六年から昭和二十三年にかけての日記。明治三十年生まれの芹沢光治良は当時、五十歳になろうとしている。すでに作家として立ち、東中野の自宅に、妻と四人の娘と暮している。この家は、昭和二十年五月二十五日の空襲で焼失するのだが、幸い蔵は残り、なかに入れていた日記は無事だったという。

東中野と言えば、三月十日の東京大空襲で偏奇館を焼かれた永井荷風が一時、住んだところ。芹沢邸の近くのアパートだが、残念ながら交流はなかった。ただ、荷風もまた五月二十五日の空襲に遭い、九死に一生を得ている。そのあと明石、岡山へと疎開した。

この軍国主義の時代にあって、芹沢光治良は日記のなかでかなり思い切った政治家批判、軍人批判をしている。

「人間を画一的にしようとすることのみが、愛国的だと考えられている。個性をなくすことが、国家を強くすることだと考えている」

「新聞はもう国民の声を伝えずに、政府の声のみ伝える。新聞は対外宣伝機関に化した。政府の御用をつとめることに汲々としている」「もう新聞の使命は終った」「今や上に立つ者は責任を負うことを知らず、明治時代の精神もなくなりたり。上に立つ者に日本精神がなし」

けっして政治人間とは言えないモラリストの作家が、当時、日記にこう書いていたとは。励まされる。

こんな言葉にも。「僕も四十九年の老年を迎えた。もう金のことや生活のことを考えないで、ほんとうによい仕事をしたい」。当時は五十歳と言えば「老年」。老作家の覚悟を感じさせる。

殺伐とした時代にも友情がある。同じ中央線沿線に住む作家の上林暁から手紙をもらい、こう書く。「いい手紙は美しい花のように幾度ながめてもあきなくて、心をたのしませてくれる」。

二〇一五年に台湾を旅してから、台湾のことばかり考えている。

台湾と言えば、あの本があった、と本箱から久しぶりに昭和の推理作家、日影丈吉（一九〇八―九二）の『応家の人々』（一九六一年）を出して読む。

日影丈吉は戦時中、兵隊として台湾で過ごし、編隊移動の先遣任務のため、ほとんど台湾全土を歩いたという（徳間文庫『応家の人々』の須永朝彦氏の解説による）。その体験から、いくつか台湾ものを書いている。

『応家の人々』はそのひとつ。

昭和十四年、台南近郊の大耳降《だいじこう》（架空の名。実際の地名は大目降。現在の新化）という小さな村で、役場の人間が警察署の書記を殺す事件が起る（どちらも本島人＝台湾人）。「私」、日本人の中尉が事件を調べてゆく。

村では、それ以前にも、日本人の警部補が何者かに殺される事件が起きている。中尉が事件を追ってゆくと、応氏珊希という台湾の美しい女性がからんでいることがわかってくる。いわゆるファム・ファタル。

殺人の起きた小さな村だけでなく、台南、安平、屏東、さらに南端の恒春へと舞台が広がってゆく。旅するごとに「私」は台湾に惹かれる。

なんだか、また台湾に行きたくなる。

（「東京人」二〇一五年八月号）

三人の台湾人作家。

三月に旅した台湾があまりによかったので、いまだにその思い出に浸っている。

最近、翻訳が出た、台湾の現代作家の短篇集を二冊読む。ともに白水社から出版されている。呉《ご》明益《めいえき》（一九七一年生まれ）の『歩道橋の魔術師』（天野健太郎訳）と、甘耀明《カンヤオミン》（一九七二年生まれ）の『神秘列車』（白水紀子訳）。どちらも素晴しく面白い。

『歩道橋の魔術師』は、一九六一年から九二年まで台北駅の近くにあった中華商場《しょうば》という大きな商店街を舞台にしている。

小さな個人商店の子どもたちが主人公になる。靴屋、鍵屋、カバン屋、眼鏡屋……縁日の屋台のような店が並ぶ商店街は、子どもたちにとって、危険で、そして魅力的な遊び場所でもあった。隠れ家がいたるところにある。

そして歩道橋には不思議な手品師がいて、奇怪な手品を見せる。子どもの一人は、ある日、手品師のマジックによって神隠しにあったように姿を消してしまう。現実と空想が溶け合った物語が続いてゆく。

作者の呉明益は、この中華商場の靴屋の子どもとして育ったという。だから一九九一年に再開発のために消えた、かつての遊び場への郷愁で書かれている。ノスタルジーこそが豊かな文学作品を生む。

ジョージ・ルーカスの主宰するミニチュア製作の工房で働いていた男が台湾に戻り、家にひきこもって、いまはなくなった中華商場の細密な模型を作ってゆく一篇「光は流れる水のように」は掌中の珠玉。故宮博物院のさまざまなミニチュアを思い出す。

ノスタルジーとは、手のひらにのせることのできる小さな感情なのだろう。

甘耀明の『神秘列車』の表題作もまた、淡いノスタルジーの感覚に浸されている。

鉄道好きな少年が、ある夜、かつて鉄道が走っていた廃線跡に出かける。そして「神秘列車」と呼ばれる幻の列車を探しにゆく。少年の祖父は昔、その列車に乗ったことがあった。祖父は戦後、国民党に弾圧された過去を持っていた。過酷な現代史が、消えた列車を呼び寄せる。

すでになくなった昔の鉄道が、いまの世にあらわれる。ジャック・フィニイの『ゲイルズバーグの春を愛す』や、亡き稲見《いなみ》一良《いつら》の『花見川の要塞』、現代作家、中村弦の『ロスト・トレイン』などで描かれた幻の列車と重なる。

舞台になるのが、三月に台湾旅行したときに訪ねた、龍騰断橋近くの廃駅、勝興駅と、駅近くのトンネル。これには読んでいて心躍った。

「微笑む牛」という一篇も素晴しい。

貧しい農民が町に牛を買いにゆく。途中で金を落してしまい、なんとか買えたのは、年取った、役に立たない牝牛。家族はがっかりする。

この牛は微笑んでいるように見える。争いごとが嫌いで、いつも穏やかな笑みを浮かべている。あるとき、乱暴な牛に襲われ、なんの抵抗をすることなく死んでしまう。そのとき、無数のホタルが飛んでくる。微笑む牛は、ホタルに包まれて昇天してゆく。牧歌的な民話で、涙なしには読めない。現代の台湾の作家が、こんな宮沢賢治を思わせるような小説を書くのか。

三月に台北で会った出版社、新経典文化の梁心愉さんと陳柏昌さん、翻訳家の黄碧君さん（エリーさん）が、六月に東京に来る。日本の小説を台湾で出版するため。何度も東京に来ているらしく、東京の町をよく知っている。

神田駅で待合せ、室町の砂場に行き、昼食。そのあと歩いて神保町に行き、ランチョンでビール。陳さんは日本語を話す。少したどたどしいが、それが可愛い（男性に可愛いというのも変だが）。彼らに会うたびに、中国語の勉強をしておけばよかったと無念に思う。

新経典文化では、拙著『マイ・バック・ページ』のあと、『君のいない食卓』（新潮社、二〇一一年）、『いまむかし東京町歩き』（毎日新聞社、二〇一二年）、本誌の連載をまとめた『そして、人生はつづく』（平凡社、二〇一三年）を台湾で出版してくれるという。

うれしく、有難い。

『いまむかし東京町歩き』は、主として消えてしまった昭和三十年代の東京の風景について書いている。

森ヶ崎、稲荷橋、三十間堀川、上井草球場など、東京の人間でも知らないような固有名詞が数多く出てくる。台湾で出版して読まれるかどうか。心配していると梁心愉さんは、「私たちは東京の町をよく知っていますよ」という。われわれが思っている以上に、台北と東京の距離は近いのかもしれない。

渋谷のMARUZEN&ジュンク堂書店で開かれた台日作家交流トークイベントを聴きにゆく。

日本からは『ふがいない僕は空を見た』（新潮社、二〇一〇年）の窪美澄さん。

台湾からは前記『歩道橋の魔術師』の呉明益さんと、まだ残念ながら日本では作品の翻訳が出ていないが、台湾では高く評価されている何致和《かちか》さん（一九六七年生まれ）。

台湾の二人の作家は、窪美澄さんのセックス描写のうまさに感心していた。台湾ではセックス描写は、これまで制限されていたこともあって書きにくいという。日本の女性作家の自由で大胆な描写に、台湾の二人の男性作家がしきりに感心しているのが面白い。

台湾では純文学作家が、原稿料だけで生活してゆくのは難しいという。呉明益さんは、大学で創作を教えている。どんな教え方をしているのか。その一例を話してくれた。

学生に、なるべく自分とかけ離れた暮しをしている人間を書くようにと言っている。

ある学生は、インドネシアから台湾に来た女の子を主人公に、その暮しを書いた。呉明益さんは、それを読んで物足りないと言った。

そこには、女の子が故国にかける電話代のことが書かれていなかったから。国を離れている若い女性にとって、電話は大事なのに。

なるほど生活を描くとは、そういう細部にまで目を配ることかと納得した。

何致和さんには、『花街樹屋《マンゴー・ツリーハウス》』という、一九八〇年代、少年たちが秘密のツリーハウスを作り、冒険の旅に出る長編小説がある。

何致和さんは、台北の萬華《ばんか》という「ゴミ箱をひっくり返したようなごちゃごちゃした街」で育ち、『花街樹屋』の町は、そこをモデルにしている。

萬華は、二〇一〇年の台湾映画『モンガに散る』の舞台だという。『花街樹屋』の翻訳が出たら読んでみたい。


種村季弘さんが編集した昭和の推理作家、日影丈吉の短篇集『猫の泉』（河出書房新社、一九九五年）を読む。戦時中から戦後の混乱期にかけての台湾を舞台にしたミステリ集。

なかの一篇「消えた家」は、ある商店街の店が消えてしまう話。舞台の町は萬華。こう説明されている。「万華はむかし艋舺《モンガ》と書いて、台北市発祥の地といわれているくらいの、純粋な本島人の街で、古い生活習慣の残っているところである」。

やはり日影丈吉の戦時中の台湾を舞台にした長編推理小説『内部の真実』には、当時の萬華には、「有名な内地人の遊廓がある」と書かれている。

台湾旅行をしてから、日影丈吉の作品がいっそう面白くなってきた。


中央公論社の編集者だった宮田毬栄さんの大著『忘れられた詩人の伝記　父・大木惇夫の軌跡』（中央公論新社、二〇一五年）が素晴しい。

娘が文学者の父のことを書くと、甘ったるい父恋いの記や、父自慢の書になりがちだが、この本は、まったく違う。堂々たる一文学者の評伝になっている。

大木惇夫《あつお》（一八九五―一九七七）は、北原白秋の影響で抒情詩を書いた人だが、戦時中、戦争詩を書いたことで、戦後、詩壇から孤立した。しかも、本書を読んで知ったのだが、大木惇夫は火宅の人だった。

宮田毬栄さんら子どもたち、奥さんとは別に家を持った。当然、娘としてそんな父親に複雑な思いを抱く。この評伝は、娘がわだかまりを持ちながらも、それでも詩人としての大木惇夫を孤独から救い出そうとしている。

大木惇夫は戦時中、徴用で兵隊にとられた。昭和十七年、ジャワ島に向かう船が米豪の軍艦に攻撃された。大木惇夫は海に飛び込み、数時間、漂流したあと、九死に一生を得た。

大木惇夫は戦後、詩壇、文壇から指弾された。そのため生活は苦しかった。大学の先生にも、勤め人にもならず筆一本で生き抜いた。詩人として経済的に大変だったろう。多くの会社の社歌や学校の校歌を作詞したのは、生活のためだった。ラジオドラマも書いた。

宮田毬栄さんが中学一年生のとき、一緒に歩いていた母親が、大岡山駅の踏切のところで急に「死にましょう！」と言うくだりは、胸が痛くなる。宮田毬栄さんがこんな大変な少女時代を過したとは。

これは中央公論社に入社してからのこと。家の事情で、久我山から自由が丘のアパートに引越すことになった。六畳一間では、いままで可愛がっていた猫を連れてゆけない。

夜の道を去ってゆく飼い主を猫は、身動きもせずに見送ったという。猫と別れる飼い主は、どんなにつらかったことだろう。

少女時代、ハイカラな「春子叔母」から絹の布張りの小さな手帳をもらう。毬栄さんは、その一頁目に書く。「十四歳の手帳。春子おばちゃんの思い出。この手帳には美しいことしか書きません」。苦しい生活のなかで、聡明な少女が「美しいことしか書きません」と決意する。その凛々しさ、けなげさにほろりとする。

(「東京人」二〇一五年九月号)

常総と下妻で顕彰される作家たち。

茨城県西部を走る関東鉄道常総線（略称、関鉄）という私鉄がある。

JRの常磐線取手《とりで》駅と水戸線の下館《しもだて》駅を結ぶ。全長約五〇キロ。大正二年創業。途中の駅には、深田恭子主演、中島哲也監督の『下妻物語』（二〇〇四年）で広く知られるようになった下妻駅がある。下妻《しもつま》駅がある。映画のなかで、ロリータ・ファッションが大好きな少女、深田恭子は、下妻駅から常総線に乗り、取手経由で東京に出て、代官山で買物をした。緑の田に囲まれた下妻の田舎の風景と、ひらひら少女のポップな服装とのアンバランスが意表を突いた。

常総線は、ほぼ鬼怒川に沿って走る。途中の守谷駅あたりで鬼怒川は利根川に合流する。

明治四十三年に「朝日新聞」に連載された農民文学の代表作、長塚節《たかし》の『土』は、この鬼怒川沿いの農村を舞台にしている。

『土』で描かれた農村はどんなところだったのか。それを知りたくて八月のはじめ取手駅から常総線に乗った。平日の昼、列車は気動車の一両。北上する。

取手駅からしばらくは複線。これは沿線に団地やニュータウンが作られ通勤線になっているため。東京への通勤圏になっている。

つくばエクスプレスと交差する守谷駅を過ぎると、車庫のある水海道《みつかいどう》駅あたりから、車窓には水田が広がる。水海道からは単線に変わり、ローカル線の雰囲気が濃くなる。

長塚節の生地は現在の常総市国生《こつしょう》。常総線の石下《いしげ》駅で降り、駅の西、鬼怒川沿いに一時間ほど歩いたところにある。

長塚家は地主で、百坪あるという茅葺きの母屋と書院が保存されている。節（一八七九―一九一五）は小説『土』を書き、また、短歌も発表したが、終生、東京に出ることはなく野の人として通した。

『土』は貧農の父と娘の土に生きる暮しを淡々と、地を這う虫の目で描いている。長塚家の小作人をモデルにしているという。

戦後の農地改革まで、農村では小作人の暮しがいかにつらく厳しいものだったかは『土』を読むとよくわかる。以前、丸谷才一は、日本の戦後のいいところは農地改革（小作人をなくした）にある、と言った。戦前の農村の暮しを知っていたからこそだろう。

石下の町には随所に長塚節の歌碑や銅像が建てられている。生家前にも銅像がある。

節は、旅が好きで、日本各地を旅した。途中は汽車を利用したが、目的地に着くとあとは歩いた。紺の脚絆に草鞋《わらじ》。大きな菅笠。そして面白いのはいつも背中に大きな茣蓙《ござ》をマントのように背負っていること。コウモリが羽根を広げたように見える。

石下の町にある節の銅像はたいていこの旅姿になっている。茣蓙は、雨をしのぐためだけのものではなく、野宿のときの敷物にもなったのだろう。

藤沢周平は長塚節が好きだった。山形県の農家に生まれたこの実直な作家は、終生、東京に出ることなく農の人として生きた先人に共感したのだろう。評伝小説『白き瓶　小説長塚節』（文藝春秋、昭和六十年）を書いている。

旅好きだった節についてこうある。

「笠と茣蓙に装い、杖を頼りに野を越え、峠を越え、見知らぬ町を通り過ぎていく間に、節の心は時折り説明しがたい喜びに満たされることがあった。喜びは旅の孤独感から来るようでもあった」

一人旅、それも歩く旅の清涼な喜びを語っている。土に生きる農民を描いた節が、他方で旅を愛したのが興味深い。

石下の町では、行き交う子供たちがみんな「こんにちは」と声を掛けてくる。旅先ではこんな小さなことがうれしくなる。

生家を見たあと、石下駅でまた下館行きの常総線に乗り、三つ目の下妻駅で降りる。主要駅で駅員がいる。

駅前に、商店街がある。確か『下妻物語』では深田恭子がロリータ・ファッションでここを歩いていた。

突然、空が曇ってきた。風が強くなる。電気屋のおかみさんがシャッターを下ろしはじめている。のんきに歩いている当方に「竜巻が来るよ。なかに入らなきゃだめだよ」と注意してくれる。幸い、商店街に食堂があり、そこに逃げ込んだ。

風は強くなる。ただ竜巻にはならないようだ。ビールを飲みながら、風がおさまるのを待つ。下妻の観光マップを見ていると、横瀬夜雨《よこせやう》生家がある。

横瀬夜雨（一八七八―一九三四）は明治の抒情詩人。恋愛詩で知られ、女性の読者が多かった。長塚家とも交流があった。

現在の下妻市横根（常総線の大宝《だいほう》駅の東）の豪農に生まれた。不幸なことに、四歳のときに佝僂《くる》病にかかり、成長してから満足に歩くことができなくなった。

水上勉に横瀬夜雨を描いた小説がある。『筑波根《つくばね》物語』（河出書房新社、二〇〇六年）。

「（夜雨の詩は）人間の苦悩をうたい、恨み、憤り、怒りをそのまま表現していた。あきらめたり、さとったり、すましこんだりするようなところがなかった。それでいて、やさしさがにじみ出ている。このような詩人が、軀が不自由で、家に端坐したまま歩けないでいるときけば、女性は心をうごかされないではおれない。慰めてあげたい、同情してあげたいと思う。で、これらの女性からの手紙が、夜雨の許に殺到するようになった」

しかし、実際に夜雨に会った女性たちは、佝僂病の夜雨を見て、心がかたまってしまい、去ってゆく。そのたびに夜雨は傷ついた。

ようやく伴侶を得たのは四十歳のとき。二十歳年下の、貧しい農家の娘が、すすんで夜雨の嫁になった。仲の良い夫婦だったという。

下妻市ふるさと博物館には横瀬夜雨記念室がある。石下の町の常総市地域交流センターのなかには長塚節の展示室があった。

現代ではあまり語られなくなった詩人や作家、歌人が故郷ではきちんと顕彰されている。

そう言えば、『下妻物語』の深田恭子演じる女の子の家は、横根にあるという設定。冒頭、ロココ調の衣裳に身をつつんだ彼女がパラソルをさしながら下妻駅へと歩く。「私が住む横根という町から下妻駅まで歩いて三十分」と言っている。

彼女の住む横根はまさに横瀬夜雨の生家があるところ。もしかしたら、彼女も夜雨の恋愛詩の愛読者なのかもしれない。


風がおさまったのでまた町を歩く。商店街が尽きるあたりには、右手に砂沼という湖のような農業用水の大きな溜め池がある。江戸時代に作られたという。

砂沼とは反対に左に行くと図書館がある。大きな図書館で予想以上に蔵書数が多い。旅先で図書館があると入ってみる。自分の本があるかどうか検索してみる。あるとその町に親しみを覚える。下妻の図書館には拙著が三十冊ほどあった。うれしくなる。

図書館の下妻関連図書のコーナーを見ていて、もう一人、下妻と縁がある作家がいたことを思い出した。

龍膽寺雄《りゅうたんじゆう》（一九〇一―九二）。「放浪時代」や「アパートの女たちと僕と」などで知られる昭和モダニズムの作家。

少年時代を下妻で過ごしている。父親は教師だった。『下妻の追憶』（日月書店、一九七八年）によると、下妻の家は右も左も田圃。あとは竹やぶと蓮田ばかり。そんな土地で育ちながら、昭和の初め、モダン都市東京に生きる「魔子」という断髪のモダンガールを描いて人気を得た。『下妻物語』の深田恭子演じる女の子には「魔子」の影響もあるかもしれない。

龍膽寺雄は、人気の頂点にあった頃、当時の文壇の主流、菊池寛や川端康成を、ゴシップを含めて痛烈に批判したため、文壇を追われた。戦後は、サボテン研究に行き、文学から遠ざかった。

一九八六年、当時、八十五歳になる老作家が健在と知り、神奈川県の中央林間にある自宅に訪ね、話を聞いたことがある。

屋根に風見鶏があるしゃれた洋館だった。三階の上に展望台が作られていて、毎夜、そこで星を見ると言っていた。自分はまだ現役で、毎日、小説を書いているというのに驚かされた。

この六月から七月にかけて、小金井市の江戸東京たてもの園で特別展「モダン都市の文学誌　描かれた浅草・銀座・新宿・武蔵野」が開かれた。

四人の作家の作品に描かれた東京が紹介されている。永井荷風、川端康成、横光利一、そしてもう一人が龍膽寺雄。これにはうれしく驚いた。いままで、文壇を去ったこの作家が文学展などで大きく取り上げられることはまずなかったから。

忘れられた作家がモダン都市東京を描いた作家としてひそかに復活しているようだ。

三月に台湾に行ったときに会った、台湾大学の社会学の先生、李明璁さんが、この夏、日本にやってきた。先生はよく日本に来るという。

一夕、神楽坂のそば屋で、一緒に台湾に行った二人の編集者、翻訳家の天野健太郎さん（呉明益の『歩道橋の魔術師』の訳者）と、李先生を囲んだ。

サブカルチャーに強い李先生は、なんとフジロックフェスティバルに行くのが今回の来日の目的だったという。髪型はアフロだし、ポップな先生だ。

それでも政治に強い関心があり、若い頃には、デモに参加し、何度か逮捕されたことがあるという。そういう話を、深刻にではなくにこにこ笑いながら話すのが、李先生のいいところ。

「台湾が独立したら中国は攻めてきますか」と聞いたら「そんなこと誰にも分からない」と言われた。愚問だった。

元気だったら、来年の三月にまた台湾に行きたい。

（「東京人」二〇一五年十月号）

毎年の北海道旅は釧路へ。

八月の末、釧路に行った。

毎年夏、札幌の友人たちと行なっている大人の遠足で、今年は、釧路に行くことになった。というのも、桜木紫乃さんの短篇『起終点駅《ターミナル》』が篠原哲雄監督によって映画化され、それがとてもよかったから。映画は、桜木さんの生まれ故郷、釧路でロケされている。幸い旅には、桜木さんも参加することになり、ロケ地を案内してもらうことになった。

釧路は北海道のなかで好きな町のひとつでこれまでに何度か行っている。はじめて行ったのは一九八〇年の三月で、「問題小説」誌に「シネマ感傷旅行」と題し、日本各地の映画館めぐりの紀行文を書いていたとき。根室から釧路にまわった。当時、釧路には映画館は十館もあった。いま、そのほとんどが消えている。

当時、釧路でいちばん印象に残ったのは、釧路駅の北側、いわゆる駅裏だった。まだ戦後の闇市を思わせるマーケットが残っていて、屋台のような小さな飲食店、商店が密集していた。ばんえい競馬の場外馬券売り場もあるし、連日オールナイトの映画館もある。駅裏らしいすがれたにぎわいがあった。

それが今度、歩いてみて驚いた。一帯はさびれきり、飲食店の多くは店を閉じている。廃墟のような一画もある。馬券売り場はあったがレースが行なわれていない日なのだろう、ほとんど人影はない。映画館は閉館になっていた。

原田康子の、釧路を舞台にした『挽歌』が書かれた昭和三十年代はじめは、漁業や林業、石炭産業がよく、釧路のいちばんいい時期ではなかったか。

駅裏から南口のメインストリートに出る。ここもかつてのにぎわいはない。一九九七年に来たときには健在だった、『男はつらいよ』の第三十三作「夜霧にむせぶ寅次郎」（一九八四年、中原理恵主演）に登場する「ヒロシマ」という理髪店はなくなっていてコンビニになっている。ところどころに空地がある。廃校になったことを告げる小学校の看板がある。

それでも、新しい観光ホテルもできているのだから、町全体がさびれているというのは早計だろう。幣舞橋《ぬさまいばし》の畔の広場では町の祭りが行なわれていて、小学生たちのバトンガールが踊りを見せてくれていた。

映画『起終点駅《ターミナル》』は釧路に一人流れて来た国選弁護士専門の初老の弁護士（佐藤浩市）と、覚醒剤使用で逮捕され、彼の弁護を受ける若い女性（本田翼）の心の通い合いを描いている。

佐藤浩市の世捨人のような暮しぶりがまず寂しい良さを見せる。ほとんど人と付合わない。酒も煙草もたしなまない。仕事から家に帰ると、料理をする。北海道独特の料理ザンギ（鶏の唐揚げをタレで食べる）を作る。

家は町のはずれにある。坂の上にぽつんと建つ二軒長屋の一軒。隣りには認知症らしい老人が住んでいる。

この初老の男は、若い頃、好きになった女性（尾野真千子）に自殺された。それが負い目になった。妻子と別れ、世を捨てた。

坂の上の小さな家は、そんな男が住むのにふさわしい。桜木さんにその場所に案内してもらう。幣舞橋を渡って東へ車で十分ほど行ったところ。映画のなかの佐藤浩市のように歩くと、かなりある。家はセットだったのでいまは取り壊され空地になっていた。映画には映らなかったが、空地の向うはもう海だった。

以前、映画『挽歌』（一九五七年）のロケ地めぐりで釧路を歩いたが、あの映画で、ラスト近く、久我美子演じる兵藤怜子が一人立つ、海を見下ろす丘（市営の紫雲台の霊園）が、この近くだったことを思い出す。冬に来たら寂しいだろう。

夜、繁華街にあるザンギの店に行く。桜木さんのなじみの店で、ザンギの元祖だという（ちなみに釧路には、炉端焼きの元祖の店もある）。

映画のなかで佐藤浩市の作るザンギもおいしそうだった。自分でも作ってみたいが、一人暮しの身には、油ものは禁物。久しぶりに立石にあるザンギの店に行ってみよう。

神保町シアターで「戦後70年特別企画　1945—1946の映画」特集で上映された一本、昭和二十一年に公開された松竹映画『お光の縁談』（池田忠雄、中村登共同監督）を見る。

この映画は未見だった。大船調の庶民劇なのだが、何より驚いたのは、戦争が終わって一年しかたっていない時点の映画なのに、穏やかで、戦後混乱期の荒《すさ》みをほとんど感じさせないこと。

銀座七丁目あたりにある大衆食堂の娘（水戸光子）と、板前（佐野周二）が、口では喧嘩ばかりしながら、実はお互いに好き合っていたとわかる、よくある恋愛劇なのだが、焼跡闇市の時代の物語と思えないほど、のんびりしている。

佐野周二演じる板前は復員兵らしいこと、食堂が「食券食堂」になっていること、野戦病院の看護婦だった女性が現れることなど、「戦後」を感じさせるところもあるにはあるが、食堂だからさほど食べ物に困っている様子はない。

「築地でいい魚が入った」と言っているし、家族が酒を飲む場面では卓袱台の上にさまざまな料理が並べられる。お燗も何本もある。

昭和二十一年の映画である。この年の五月には世田谷区民が「米よこせ」の大会を開き、皇居前でデモをしたほど。それなのに、銀座の食堂では、食糧難を感じさせない。

当時の観客は、この映画を見て、どう思ったのだろう。羨しかったのではないか。

さらに驚くのは、銀座の町の実景が何度か映し出されるのだが、そこには焼跡はまったく見えないこと。銀座通りは柳の並木が美しい。

戦争の傷跡はない。もしかしたら、戦前の映画のフィルムを使い回したのではないのかと思ってしまうほど。

最後、佐野周二と水戸光子はめでたく結ばれるのだが、そのとき、銀座の町では「復興祭」が行なわれている。関東大震災のあと、帝都復興祭が行なわれたのは七年後の昭和五年だから、それに比べれば戦災からの復興は、ずいぶん早い。

『お光の縁談』は、映画としても面白かったが、終戦直後の「平穏な日常」という意外な一面を見せ、心に残った。

久しぶりに青梅の町を歩く。

いつのまにか、「猫の町」になっているのに驚く。赤塚不二夫描くニャロメの絵があちこちにあるだけではない。にゃにゃまがりという駅近くの細い路地には至るところに猫の絵がある。

青梅は、古い映画の看板があることで知られるが、それに新たにパロディ看板も加わっている。曰く「第三の猫」「ニャジラ」「猫はつらいよ」「用心猫」などなど。

住吉神社には、招き猫「阿於芽猫祖神」がある。どうやら、猫で町おこしをしているらしい。観光パンフレットに「青梅沈没商店街浮上大作戦2015」とあるのが笑わせる。猫の看板は多いのだが、一時間ほど歩いたのに本物の猫には、残念ながら一匹も会えなかった。昼寝中か。

青梅市立美術館で、「湯河原を知る展」を見る。青梅で湯河原とは意外だが、湯河原は美しい梅林で知られる。相模湾に面した海の町と、海のない奥多摩の町が、梅の縁で結ばれている。

この美術館は、ゆかりの洋画家、小島善太郎（一八九二―一九八四）を顕彰している。梅林を描いた絵が何点かある。春になったら、梅を見に湯河原に行きたくなる。敬愛するドイツ文学者、種村季弘さんは、この町にお住いだった。種村さんは、いろいろな町を転々とされたが、最後は湯河原に落着いた。気に入ったのだろう。

「家の近くに温泉がある」のが自慢で、遊びに行くと、歩いてゆけるところにある日帰り温泉「こごめの湯」に誘ってくれた。夕食前に、町なかの銭湯に出かける感じだった。

小島善太郎の絵で好きなものに「編物」（昭和二年）がある。着物姿の女性が、書斎の籐椅子に座って編物をしている。部屋には風景画が二点ほど飾ってある。昭和モダンを感じさせる。

今回、この絵の展示はなかったが、ミュージアム・ショップに絵葉書があったので何枚か買う。

青梅の町を歩いたあと、青梅線に乗って終点の奥多摩駅まで行く。

この鉄道は、いつ乗っても、風景にほとんど変わりがないので心なごむ。多摩川の渓流に沿って走る。高いところを走るので車窓風景がいい。奥多摩の山々、渓流、川辺の高台にへばりついたように建っている家々、そして普通の民家のような駅舎（多くは無人駅）。東京によくこんなローカル線が残っていると感心する。

ちょうど北海道では、留萌《るもい》本線が近くなるというニュースが鉄道好きを悲しませていた。何度か乗ったことがあるが、起終点駅の増毛《ましけ》駅がすでに無人駅になっていたから仕方がないのかもしれない。

映画『駅　STATION』（一九八一年、降旗康男監督）では、高倉健が正月に帰省するために、冬の雪深いこの駅に降り立った。そうした映画ゆかりの駅が消えてゆくのは寂しい。

そんな時代に、青梅線が健在なのは有難い。

奥多摩駅で降りる。昭和四十七年の松竹映画、松本清張原作、渡辺祐介監督、岡田茉莉子主演の『黒の奔流』はこの駅周辺でロケされているが、町の風景は現在も当時とほとんど変わっていない。渓谷の町だから、平地は少なく変わりようがないのだろう。

駅前の食堂でビールを飲む。店内は涼しい。

女性の店員が「夏でもほとんどクーラーをつけないんですよ。川風が入って涼しいから」とうれしそうに言った。

（「東京人」二〇一五年十一月号）

水害から復興する常総を再訪。

九月十日の豪雨によって鬼怒川が決壊し、茨城県の常総市が大きな被害を受けた。その少し前、ちょうど八月に常総市の石下《いしげ》と、隣接する下妻市を歩いたばかりだったので、これには本当に驚いた。

八月に歩いたときは鬼怒川は穏やかな田園のなかの川に見えたのに、ひとたび荒れると、あんなにも濁流になるものなのか。「鬼怒川」という名の怖しさを思い知らされた。

常総市を走る関東鉄道常総線（取手―下館）は、途中の水海道《みつかいどう》―下妻間が被害を受け、運行が停止されていたが、十月十日にようやく復旧なって全線開通した。

十月十日は土曜日だったので、再開されたこの鉄道に乗りに行った。

再開されたとはいえ、まだ列車の本数は少なく、速度も通常の半分ほど（時速約四〇キロ）。そのぶん沿線の光景がしっかりと目に入ってくる。

ところどころに壊れた家々、稲がなぎ倒されたままの田が見える。片づけをしているボランティアらしい人たちの姿もある。

石下駅で降りる。駅員はいなかった。

石下の町では、まだ多くの被災者が避難所に身を寄せているというが、駅前の商店街は大雨から一ヵ月たって水も引き、落着きが見られた。

駅前のホテルが営業を再開していたし、化粧品店、弁当屋も店を開けている。公民館の前に建てられた長塚節の像も無事だった。

町の人に話を聞くと、長塚節の生家のある鬼怒川の右岸は氾濫をまぬがれたという。

八月に歩いたときに入った小さな構えの食堂も無事で、営業していた。鬼怒川のすぐ近くなのに、よく被害を受けなかったものだ。

気のいい主人に話を聞くと、「私も知らなかったんだが堤防を乗り越えてくる水は、くねくねと蛇のようで、どこに流れてゆくのか予想がつかないんだね。うちは、裏のほうに少し水が入ったくらい。それなのに川から離れたほうがやられてしまった」。

食堂は三日休んだだけで営業を再開したという。この主人は、神輿《みこし》好きで、関東各地の祭りに出かけている。もう五十年になる。店の壁いっぱいに祭りのポスターが貼ってあるし、神輿のミニチュアも飾ってある。

「店が無事だったのは、神輿のおかげかなあ」。神輿マニアがいるとは、はじめて知った。主人の作ってくれたオムライスがおいしかった。池波正太郎は旅先のなんでもない食堂で食べるオムライスが好きと言っているが（『小説の散歩みち』）、その気持がわかる。

食堂を出て町を歩く。もともとにぎやかな町ではない。店じまいのところも目につく。土曜日の午後というのに町はひっそりとしている。歩いている人が少ない。

思いがけず酒蔵があった。山中酒造店。文化二年（一八〇五）の創業と古い。「一人娘」という酒を造っている。歴史のある町とわかる。

ケヤキの古木のある神社に行くと、本殿の賽銭箱の横で猫が一匹、寝ている。参拝するこちらをじっと見ていた。小さな神様のよう。

鬼怒川の堤のすぐ下に、興正寺という曹洞宗の寺があった。鐘楼や池、太鼓橋がある。古刹と知れる。工事の人が入っているのは、被害があったのだろう。

境内の奥に入ると、何十もの地蔵があるのに驚いた。「お地蔵尊霊場」とある。自然と手を合わせた。

山之口貘《やまのくちばく》という昭和の詩人がいる（一九〇三〜六三）。沖縄生まれ。難解な言葉ではなく、暮しのなかの言葉で詩を書いた。詩に生きたため生涯、貧乏暮しをしたが、詩には飄逸の味があった。「僕ですか？　これはまことに自惚《うぬぼ》れるやうですが　びんぼうなのであります」（「自己紹介」）

この山之口貘は、戦時中、四十歳の頃、奥さんの実家のある茨城県の小さな町に疎開した。その頃、東京の下町、下谷にある職業安定所に職を得た。茨城県から東京まで電車で通った。

井川博年編『山之口貘』（小学館、二〇一〇年）に付された年表によると、詩人が利用した駅は関東鉄道常総線の石下駅だったという。「毎日、常総線石下駅まで徒歩五十分、汽車で上野駅まで四時間近くかけて通勤する」。戦時中のこと、大変だったろう。

娘の山之口泉は回想記『父・山之口貘』（思潮社、一九八五年）で書いている。

「昔のこととて、停車場のある町まで約一里ほどの道のりを、てくてく歩いて行くのである。朝、夏は四時、冬は五時に家を出なければならない。真冬の五時はまだ闇の中である。母の詰めた日の丸弁当をぶらさげてひょいと土間の外に出ると、忽ち父の姿は見えなくなる」

現在の石下駅は小さな木造の駅舎。一九九一年に改築されているが、大きな駅舎ではないので、山之口貘が通勤に利用していた当時と、さほど変わっていないかもしれない。

石下駅から取手に向かう電車に乗り、水海道で降りる。常総線のなかでは電車区のある主要駅だが、ここも町はひっそりとしている。駅周辺に大きな被害はなかったようだが、商店街に人の姿は少ない。

駅の東側を小貝川が流れている。

この川に常総橋という木の沈下橋がある。増水のときに沈む。『男はつらいよ』シリーズの第三十九作「寅次郎物語」（一九八七年、秋吉久美子主演）のタイトルシーンで、寅がカバンを持って歩く木橋はこの常総橋。

それを見に行ったのだが、さすがにもう残っていなかった。川の近くの畑で仕事をしていた女性に聞くと「もうとうになくなったよ。地元ではボロ橋なんで『ガタクリ橋』と呼んでいたからね」。あれからもう三十年近くたっているのだから仕方がない。

家に帰って、このところ毎週土曜日にBSジャパンで放映されている『男はつらいよ』を見たら、たまたまこの日は「寅次郎物語」。

冒頭、寅が夢から覚める田舎駅は、よく見れば、常総線の中妻駅（常総市）ではないか。そしてこの駅から寅を乗せた電車が走り出すところで「男はつらいよ」とタイトルが出る。

運行が再開された日に、『男はつらいよ』に常総線が登場するとは。この偶然に、地元の人は喜んでいるのではないだろうか。

改めて、寅さんは日本各地をすみずみまで歩いているなと感服する。これも山田洋次監督が鉄道好きだからだろう。

本の帯の惹句「日本最初のパスポートで海外に渡航したのは、軽業見世物一座だった！」に惹かれて、小山騰《のぼる》『ロンドン日本人村を作った男　謎の興行師タナカー・ブヒクロサン1839—94』（藤原書店）を読む。

一八八五年に、ロンドンの一角に「日本人村」という、いまふうに言えばテーマパークができた。日本の風物を見せる規模の大きな見世物。商店や神社が並び、そこには本物の日本人もいる。

この「日本人村」を作ったタナカー・ブヒクロサンというオランダ人の数奇な生涯を辿った本だが、このなかに、「日本で最初に海外渡航のために旅券（パスポート）の発行を受けたのは、第一号の隅田川浪五郎や浜碇定吉などを含む軽業、曲芸などの十八人の一行であった」とある。

幕末に日本が開国し、海外渡航が許される。西洋へ出かけて行ったのは政府高官や留学生ら、エリートばかりと思っていたが、意外なことに当時、多数の芸人が見世物一座を組んで海外に渡っていた。思いがけない事実である。

それで思い出したのが、大正時代、永井荷風が愛用した洋風の山形ホテル。荷風の家、麻布市兵衛町の偏奇館の近くにあった。当時、洋風ホテルは珍しい。

このホテルを建てたのは山形巌という。俳優の山形勲の父親である。山形巌は大阪に生まれ、子供の頃にサーカスの芸人（軽業師）になった。一座がヨーロッパに巡業したときにこれに加わった。初期にパスポートを得た海外旅芸人の一人である。

長くロンドンに暮していたが、大正三年（一九一四）の第一次世界大戦の勃発によって帰国。大正六年に山形ホテルを建てた。

現在、山形ホテルがあったところにはマンションが建っているが、その一角に、住人の努力によって作られた「山形ホテル」の碑がある。

三月に旅した台湾があまりに良かったので、いまだに台湾熱にとらわれている。

台湾で心惹かれたもののひとつに廟《びょう》がある。町のあちこちにある。日本の神社のようなものだが、建物はもっと華美で装飾もカラフル。航海の守り神である媽祖《まそ》（女神）を祀る媽祖廟がよく知られているが、他にも、土地の神様や家の神様を祀るものもある。

苗栗《ミャオリイ》という町を歩いたときには、個人の家のなかにある廟を見た。その家の神様を祀ったものらしい。

昭和の推理作家、日影丈吉は、兵隊時代、台湾にいたために台湾を舞台にした作品をいくつか書いている。

そのなかのひとつ『内部の真実』（昭和三十四年）に、新竹に駐屯した軍曹が近くの「桃源」（架空）という町に行き、その「こぢんまりとまとまった美しさ」に心惹かれるくだりがある。

「汽車の駅から、道の左右に停仔脚《アルカード》の続く煉瓦の家が並び、つきあたりに金碧燦爛《さんらん》たる廟を中心に賑やかな広場があって、ここらが街の心臓部である」

この軍曹は、特に廟に惹かれる。「絢爛なゲテモノに過ぎないこの廟は、その代り稚気や野趣に満ちていて、長いあいだの軍隊生活にこちこちに硬ばった心へ、湯をさすように弛《ゆる》めてくれるものがあった」。

最近、中央線の大久保駅のすぐ近くに東京媽祖廟があることを知った。二〇一三年に台湾の華僑の人たちによって建てられたという。こんな身近なところに媽祖廟があったとはうれしい驚きで、最近、よくここに出かける。

(「東京人」二〇一五年十二月号)

駅をめぐる旅。

所用で、金沢、福井に出かけた。

北陸新幹線にはじめて乗った。東京から金沢まで確かに近くはなったが、北陸本線が日本海沿いを走るときの風景——、能生《のう》、青海《おうみ》、親不知《おやしらず》あたりで海が見られなくなったのは残念。今回は用事があったので時間の短縮は有難かったが、今度、金沢に行くときは、新幹線で糸魚川《いといがわ》までゆき、そこからは在来線に乗り換えてゆくことにしよう。

その在来線だが、ご多分に漏れず、新幹線開業と共にずたずたにされ、IRいしかわ鉄道、あいの風とやま鉄道、えちごトキめき鉄道と、なにやらキラキラネームのような名称の鉄道に変わってしまっていた。いずれも第三セクター。新幹線ができると、在来線が不遇な目に遭う。

金沢、福井で仕事をすませ、夜、福井のビジネス・ホテルに泊った。福井は十数年ぶりだが、すっかり町の様子が変わっているのに驚いた。町のいたるところ、恐竜だらけになっている！

福井駅に降りると、ホームのベンチに白衣を着た恐竜が座っているのでびっくりする。近年はやりのゆるキャラだろうか。恐竜博士と言うそうだ。

駅舎のあちこちに恐竜の絵が描かれている。福井県はかつては繊維王国と言っていたが、いままでは恐竜王国を謳っている。

これは、近年、福井市の東の勝山市周辺で恐竜の化石が次々に発見されたため。勝山市には県立の恐竜博物館が作られ、これが子供たちのあいだで大人気になっているという。

福井県の観光地と言えば、長く永平寺と東尋坊が知られていたが、いまや恐竜博物館の人気がそれをしのいでいるそうだ。福井県がいつのまにか恐竜王国になっている。知らなかった。

ミステリ評論家の亡き瀬戸川猛資さんが大の恐竜ファンだったことを思い出す。彼が恐竜のことを話し出すと、まったく話についてゆけず、置いてけぼりにされたものだった。

福井駅の西口広場には大きな恐竜の動く模型が三頭置かれ、夜になるとライトアップされる。それぞれ県内で発見された化石から再生された恐竜で、フクイティタン、フクイサウルス、フクイラプトルと、名前に「福井」が入っている。この三頭が夜空に向かって吼える。かなり怖い。「恐竜は音と声が出ます。お子様が驚いて道路に飛び出さないようにご注意下さい」と注意書きがあるのも納得する。まさにジュラシック・パーク。

福井で一泊し、東京に帰る。金沢からまた新幹線に乗るのも芸がない。福井市には路面電車が走っていることを思い出す。福井鉄道。福井と武生《たけふ》を結ぶ（約二〇キロ）。福井市内の一部が路面電車になっている。北陸の路面電車は富山県が有名だが、福井鉄道も忘れてはいけない。

この電車で武生に出て、そこで北陸本線に乗り換え、敦賀《つるが》経由で米原《まいばら》へ。あとは新幹線に乗るだけだが、この日は余裕があったので米原からローカル私鉄、近江鉄道に乗ることにした。

この鉄道では、新八日市駅の駅舎が、古い木造駅舎としてよく知られている。これを見たことがなかったので、米原から近江鉄道に乗る。

途中、高宮駅という駅のホームが面白い。二つの路線に分かれる分岐駅なのでホームが三角形になっている。杉﨑行恭『百駅停車』（新潮社、二〇一三年）によると、こういう駅を「股裂き駅」と言うそうだ。東京近辺では西武池袋線の西所沢駅がこれになる。

お目当ての新八日市駅の木造駅舎は、予想以上に、凄い建物だった。大正二年（一九一三）に建てられた駅舎がそのまま残っている。東京駅より一歳年上になる。

どう凄いのか。瓦屋根の洋風二階建て。大正モダンのおしゃれな建物なのだが、なにしろ年齢は百歳を超える長寿建築。老朽化していて、廃校寸前の田舎の小学校のよう。それが現役で使用されている。凄いことだ。

これまで木造駅舎はいろいろ見てきたが、間違いなくベストテンに入る。噂には聞いていたが、こんな駅舎がまだ残っているとは。ぜひ長く使用し続けてほしい。

米原から新幹線に乗り、東京に戻る。八重洲ブックセンターに立寄ると、一階で松本忠という鉄道好きの画家の絵が何点も展示されていた。鉄道画家として知られる人。思わず見入ってしまう。

ローカル鉄道の駅の絵が七十点ほど展示されている。長崎県の大村線千綿《ちわた》駅（海に面している）、島根県の一畑《いちばた》電車一畑口駅（スイッチバックの駅）、福島県いわき市の常磐線末続《すえつぎ》駅（やはり海に面している）など、行ったことのある駅もあるが、知らない駅もたくさんある。

見てゆくと、なんと昼間見てきた新八日市駅の絵もあるではないか。鉄道風景画家には落とせない駅なのだろう。駅舎から、若い母親と女の子が出てくるところを描き込んでいて、絵に温かさが生まれている。駅がまだ現役であるという生活感が出ている。

ポストカードがあったので、この駅のものを何枚か買い求めた。

鉄道は、列車に乗るのもいいが、乗り降りする駅も心に残るもの。駅は、人と人の別れの場所であることが多いからだろう。

桜木紫乃原作、篠原哲雄監督の『起終点駅《ターミナル》』は、今年の日本映画の中ではベスト3に入る秀作だが、この映画は、冬の北海道の雪におおわれたある駅から始まり、最後、釧路駅で終わる（釧路は桜木紫乃の故郷）。

釧路で一人暮しをしている世捨人のような初老の弁護士（佐藤浩市）と、覚醒剤使用で逮捕された若い女性（本田翼）との心の触れ合い、二人の再生の物語だが、駅が効果的に使われている。

冒頭、恋人（尾野真千子）に自殺された過去を持つ弁護士の佐藤浩市が一人、吹雪の舞うローカル鉄道の小さな駅にたたずむ。駅から物語が始まる。そして最後、若い女性、本田翼（素晴しい！）は再出発のため釧路駅から旅立ち、佐藤浩市もまた別の日、長いこと会っていない息子の結婚式に出るために、釧路駅から東京へと出発する。

駅が重要な役割を果している。

桜木紫乃の小説の題名である「起終点駅《ターミナル》」という言葉に最初、虚を衝かれる思いがした。というのは、東京に住む人間が釧路駅、あるいはその先の根室駅を思い浮かべるとき、つい「終着駅」と言ってしまう。

しかし、考えてみれば、地元の人に対して失礼な言い方で、本来「起終点駅」と言うべきなのだ（鉄道用語として「起点」「終点」があるが）。東京の人間は無意識のうちに、鉄道を東京を起点にして考えるから、釧路や根室、あるいは高倉健主演の『駅 STATION』（一九八一年）で全国的に有名になった増毛《ましけ》駅も、「留萌《るもい》本線の終着駅」と言ってしまう。

「終着駅」という言葉には詩情が込められているから仕方がないのかもしれない。

同じように「ローカル線」という言葉も気になる。地元の人から見れば、日常生活で普通に使っている鉄道は決して「ローカル線」ではないだろう。ただ、これに代わるいい言葉が思いつかない。「地方」「ローカル」は価値判断を含まないニュートラルな言葉だと考えるしかない。

詩人の井川博年さんから俳句雑誌「塵風《じんぷう》」（西田書店）の第六号を送ってもらう。特集は「駅」で、同人たちが思い出の駅について書いている。

少年時代によく利用したというさまざまなローカル駅が語られている。徳島本線の阿波川島駅。飯田線の新城《しんしろ》駅。姫新《きしん》線の播磨新宮《はりましんぐう》駅。いまは廃線となった、新潟県を走っていた蒲原《かんばら》鉄道の村松駅。

知らない駅なのに、懐しい。車社会になる前の日本の社会で子供時代を送った世代には、小さな鉄道の駅は子供の日の記憶と共にあるのだろう。

村上健さんの「駅前図鑑」という駅の絵もある。長良川《ながらがわ》鉄道の美濃市《みのし》駅、青梅線の御嶽《みたけ》駅、銚子電鉄の外川《とかわ》駅、五能《ごのう》線の驫木《とどろき》駅の四駅。すべて小さな木造駅舎。駅が記憶のなかにあるとすれば、それは当然、木造駅舎でなければならない。

佐山哲郎さんの句「雪に差す牛乳ひとつ Хп贖《か》ひて磐越西線翁島《ばんえつさいせんおきなしま》駅」も、思い出の駅を詠んでいる。こんな説明がある。昭和三十年代のはじめ、小学四年生の佐山さんは父の名代で親戚の法事に出るため、磐越西線で会津若松に向かった。途中、雪の降る無人駅で牛乳を売るお婆さんがいた。情景が思い浮かぶ。

「塵風」には、漫画家のつげ忠男のインタビューが載っている。「つげ忠男京成立石を語る」。

京成立石とは、言うまでもなく京成電車の駅名。つげ忠男は昭和十六年生まれ。つげ義春の弟になる。兄と共に子供時代を立石で過ごしたという。中学を卒業後、立石にあった採血会社に就職している。兄の影響で漫画を描き始めるが、その作品には立石と思われる町がよく登場する。「京成サブ」というやくざ者。赤線。そして採血会社。立石の町の戦後の風景が、つげ忠男の記憶の核になっている。

京成立石駅は、東京の鉄道の駅が次々に高架駅になってゆくなかで、貴重な地上駅。しかし、ここもいずれ高架駅になってしまうのだろう。

インタビューの中で、立石の有名な「鶏の唐揚げを売ってる店」が話題になる。北海道でいうザンギ。釧路が発祥の地という。

映画『起終点駅《ターミナル》』では、一人暮しの佐藤浩市がザンギを作る。家に訪ねて来た本田翼がそれを食べて「おいしい！」と言ったところから二人の物語が始まった。

（「東京人」二〇一六年一月号）

盛岡と立原道造。

また盛岡に行った。

東京を夕方に発ち、盛岡に八時過ぎに着いた。新幹線の「はやぶさ」に乗れば東京から二時間十五分ほど。驚くほど近い。これなら盛岡住まいも可能かもしれない。

駅に着き、駅ビルのなかの回転寿司「清次郎」でまずは一杯。この季節は燗酒がうまい。

函館に行ったら、まず駅前の津軽屋食堂に入るように、盛岡に行ったら、まず清次郎。いまや、ほとんど儀式になっている。

その日は駅近くのビジネスホテルに泊り、翌日、朝早く起きて町を歩く。まだ雪はない。空気は冷たいが、むしろ気持がいい。盛岡の守り神のような岩手山の山頂は、雪をかぶっている。

今回、盛岡に来たのは、二十四歳で夭逝した詩人、立原道造（一九一四—三九）が病没する一年前、盛岡に一ヵ月滞在したことを知ったから。

立原道造（東京の日本橋生まれ）のゆかりの地と言えば、先輩の堀辰雄と同様、軽井沢が知られるが、昭和十三年九月に約一ヵ月、盛岡に滞在し、この静かな北の町がすっかり好きになった。

友人への手紙に「ここに僕は生れたような気がする」「（この町での暮しは）自分のなかに何か大切なものをひとつ植えつけた」とまで書いている。

立原道造の盛岡行きは、詩人、舟山逸子さんのエッセイ集『草の花』(編集工房ノア、二〇一四年)で知った。

日中戦争勃発後の不安な時代、若い詩人は勤め先の建築事務所を休職すると、東北への旅に出た。病弱の詩人の旅には堀辰雄が反対したが、決行した。未知の土地で再生を図ろうとしたのだろう。

盛岡の町をよく歩いている。

『盛岡ノート』(昭和十三年)のなかで書いている。

「僕は　木の橋をわたった　そして　青いさいかちの木の下を行った　古風な擬宝珠《ぎぼし》のついた橋があった　そのあちらにも　火の見櫓があった　この町のメインストリートへ行き　デパートの屋上にのぼった　かわいらしい町が全部見渡せた」

盛岡を「かわいらしい町」と言っているのが面白い。現代でもこの人口三十万人ほどの町は大きな建物も少なく「かわいらしい町」と言いたくなる。

舟山逸子さんの『草の花』によれば、市内の北東、中津川を見下す愛宕山に立原道造の詩碑が建てられているという。何度も盛岡に来ているのに知らなかった。

中津川に沿って北へと歩く。「古風な擬宝珠のついた橋」とは上《かみ》の橋のことだろう。山田洋次監督「男はつらいよ」の第三十三作『夜霧にむせぶ寅次郎』(一九八四年)では渥美清演じる寅が、いまは結婚して堅気になった弟分の登(秋野太作)を訪ねる場面で、この橋が出てくる。盛岡を代表する橋のひとつ。

上の橋を過ぎ、しばらく中津川に沿って歩くと左手に山というより小高い丘が見えてくる。

立原道造はこの愛宕山を愛し、しばしば散策に訪れた。その縁でだろう、山の中腹に詩碑が建てられている。昭和五十年に地元の有志が作ったものだという。「アダジオ」が刻まれている。

「光あれと　ねがふとき
光はここにあつた！
鳥はすべてふたたび私の空にかへり
花はふたたび野にみちる
私はなほこの気層にとどまることを好む
空は澄み　雲は白く　風は聖らかだ」

碑は人の姿のほとんど見えない雑木林のなかにひっそりと建っている。「光はここにあった！」の「ここ」とは盛岡のことだろう。

このあと立原道造は、十二月に長崎に旅し、無理がたたって喀血。翌年、江古田の東京市立療養所で亡くなった。

その死を知って、碑に刻まれた詩を読むといっそう心に残る。

愛宕山を下り、また町を歩き、盛岡駅の西にある岩手県立美術館に松田松雄展を見にゆく。駅から歩いて十五分ほど。途中、雫石《しずくいし》川の長い橋を渡る。清流の向うに、雪をいただいた岩手山が見える。盛岡の良さは川と山のあることだといつ来ても思う。

松田松雄（一九三七―二〇〇二）は岩手県陸前高田市気仙町の出身。二十代なかばに福島県いわき市に移り住み、そこを活動の拠点にした。

松田松雄の絵は、後期になると抽象画になってゆき、私など抽象画の苦手な人間には容易に入りこめないが、初期の具象と抽象のあいだのような作品群には圧倒された。

冷え冷えとしている。白だけの世界のなかに、黒い人間たちが立ちつくす。あるいは歩く。うずくまる。灯台のようにぽつんと立つ人間が、次第に増えてくる。誰も黒々として表情は見えない。黒い影のよう。影だけがあって本体がない。

白い画面のなかに黒々とうずくまったり、抱き合ったりしている人間たちは、ギリシア悲劇のコロス（合唱隊）のように見える。あるいは亡霊のようにも。

白い風景のなかに母親らしいマントを着た人物が、同じように顔の見えない子供を抱く。黒々とした人間たちが背中を見せてうずくまる。絵は決して物語を語ったり、事件を説明しているわけではないが、白い風景と黒い人間が作り出す冷んやりとした光景は、画面の向こうで何かとてつもない大きな悲劇（戦争、地震、津波、海難事故……）が起きたあとの終末を感じさせる。悲しみに浸されている。

絵を見ているうちに、次の絵を見るのが怖くなってくる。黙示録の風景、あるいは、彼岸へと入り込む一歩手前の世界。

おそらくこれらの絵は、自分の家に飾って見るものではない。家のなかにこの絵があったら、闇が広がってしまう気がする。美術館で見るしかない絵だろう。

こういう美術体験はあまりない。開館早々で、館内に人が少なかっただけに、冷たい終末の風景が身体に沁み込んだ。

北海道出身の作家の素晴らしい小説を読んだ。

河崎秋子『颶風《ぐふう》の王』（角川書店）。北海道の厳しい風土から生まれた力作。土着の強さがある。「颶風」は、激しい風のこと。「王」は、孤島に一頭だけになってもなお堂々と生きている野性の馬をさしている。

北海道の開拓に馬の力は欠かせなかった。開墾に、農業に、漁業に馬を必要とした。

明治から平成の現代へ。馬と共に生きてきた六代にわたる家族の物語。初代は東北から一頭の南部馬と共に根室に移住し、苛酷な大自然のなかを生き抜いてきた。馬だけが頼りだった。

母親は庄屋の娘だった。小作農の青年と愛し合い、駆け落ちした。やがて追手が二人を見つけた。男は殺された。母親は馬と共に逃げた。途中、雪崩に遭い、雪洞にとじこめられた。飢えに耐えられなくなったとき、彼女は、脚を折って死を待つしかない愛馬の肉を食らい、生き延びた。

だからこの一族は、馬に助けられたという思いがある。昭和三十年代。孫娘は祖父に強く教えられ、馬を可愛がる。大事にする。その馬が大嵐の夜、離島に取残されてしまう。馬を助けられなかった悲しみに、幼ない娘は打ちひしがれる。

そして平成の世。帯広の畜産大学で学ぶ娘は、老いた祖母が病いの床で、かつて島に置き去りにした馬にいまも詫びていることを知る。そして離島へと出発する。もしかしたら祖母が大事にした馬の子孫が生きているかもしれない。

北海道の馬を道産子《どさんこ》という。ずんぐりとしていて競馬には向かない。しかし、厳しい大地に生きるには適している。

もともと東北から連れて来られた馬だという。「彼らは冬の間、山野に放たれた。穏やかで生産的な春がやってくるまでの間、野良馬のごとくに。当然、餌は与えられず、自力で食物を探さねばならない」。

その過酷な環境のなかで生き残った馬が道産子に育っていった。

二〇一五年、没後五十年を迎えた高見順の最後の長編小説、昭和のアナーキストを描いた『いやな感じ』（文藝春秋新社、一九六三年）に、道産子のことが語られている。冬のあいだ山野に放つことを「寒中放牧」と言ったという。

北海道の根室にやって来た主人公に土地の人間が、こんなことを言う。

「氷点下三十度を下ることさえある。よくまあ生きのびてきたもんだ。それだけに、優秀な馬だ」

『颶風の王』は、道産子への讃歌になっている。作者の河﨑秋子さんは、北海道の別海《べっかい》町で牧場の仕事をしているという。足が地に着いている。三浦綾子文学賞受賞。楽しみな作家が登場した。

渋谷のBunkamuraオーチャードホールで開かれた小山実稚恵さんのコンサートに行く。演奏活動三十周年の年、小山実稚恵さんがついにバッハの「ゴルトベルク変奏曲」を弾く。

この曲は、聴く側にとっては心地よい曲だが、ピアニストにとっては難曲だという。バッハをよく弾いたロシアのマリア・ユージナが「ゴルトベルク」を弾いたのは六十八歳のときだった。技術もさることながら、人間性の深みも大事なのだろう。

小山実稚恵さんの演奏は素晴しかった。グレン・グールドともコンスタン・リフシッツとも違う。女性の小山さんならではの力強く、そして優しい演奏。三十の変奏が、多彩な刺繍のように、パレットのように溶け合ってゆく。まさに立原道造の「光あれと　ねがふとき　光はここにあった！」。

小山実稚恵さんは仙台に生まれ、盛岡で育っている。大震災のあと東北でチャリティ・コンサートを続けている。人柄を感じさせる。

（「東京人」二〇一六年二月号）

荷風に倣って牛天神に初詣。

今年、二〇一六年の初詣は、東京都内、文京区春日一丁目にある牛天神《うしてんじん》に出かけた。

水道橋駅で降り、小石川後楽園沿いに北へ少し歩いてゆくと、小石川の伝通院《でんづういん》に向かう安藤坂に出る。坂に入ってすぐ右に曲り、狭い急な石段を上がると、そこが牛天神北野神社。

小さな神社で参詣客も多くはない。一人暮しの身には、こういうあまり人に知られていない静かな神社がいい。源頼朝ゆかりの神社というから相当に古い。頼朝が岩に腰掛けて休んだ時、牛に乗った菅原道真が夢に現われ、「二つの喜びがある」と告げた。翌年、その喜びがあったので、この岩を祀る牛天神を創立したという。

牛天神から伝通院にかけては永井荷風ゆかりの地。生家がここから近い小石川区金富町《かなとみちょう》（現在の春日二丁目）にあったため、荷風は牛天神や伝通院に親しみを持っていた。

『断腸亭日乗』昭和八年一月一日には、例年の通り、雑司ヶ谷墓地の父親の墓にお参りをしたあと、さらに足をのばし、伝通院、生家、そして牛天神と歩いている。それに倣って、正月、牛天神に出かけた。

暮れから正月にかけて、戦時中の荷風の小説をいくつか再読した。

戦争のさなか、荷風は発表のあてもなく『浮沈《うきしずみ》』『問はずがたり』などの小説を書き続けていた。

発表する場所がないのに書く。荷風の作家精神の強さを感じさせる。

『浮沈』は、ひとりの女性の東京での変転を描いているのに対し、『問はずがたり』は、戦時中、義理の娘と暮す世捨人のような画家を主人公にしている。

この画家は、若い頃（大正時代）、友人たちと、牛天神近くに部屋を借りて住む。荷風はその場所を「安藤坂の下から牛天神の岡に添い、富坂上の電車通へ出ようとする静な片側町だ」と書いている。現在、中央大学理工学部があるあたり。

荷風は『濹東綺譚』がそうだったように、小説を書くとき、その舞台となる町をよく歩き、地図まで書いたが、『問はずがたり』のときも、生家に近く、知り尽している牛天神界隈であっても、改めて歩いて、町の様子を確認している。

『断腸亭日乗』昭和十九年九月二十一日に「小石川牛天神附近の地理を知る必要あり三時頃家を出でて赴き見たる」とあるのは、『問はずがたり』の描写をより正確にするために、町を歩いたことを示している。

牛天神の地図まで添えている。荷風がいかに地理を大事にしたかがうかがえる。

正月に歩いたときには、この地図を参考にした。これによって、現在の中央大学理工学部は、明治時代にできた砲兵工廠（陸海軍の兵器工場）が関東大震災によって焼失した、その跡地に作られたことがわかる。

荷風の地図にある牛天神の並びのふたつの寺、西岸寺と常泉院は現在も健在。常泉院には、アルピニスト、小島烏水の碑があった。

牛天神でお参りをしたあと、上がって来た急坂（男坂）を下り、また安藤坂に出る。案内板があり、明治の歌人、中島歌子の歌塾、萩の舎はこの近くにあったと書かれている。樋口一葉が通ったことで知られる萩の舎はこのあたりにあったか。

安藤坂を上り切り、伝通院にもお参りし、春日二丁目の荷風生家があったところに出る。無論、もう明治の頃とは様子は違っているが、坂と崖の地形は変らないのではないか。

生家から金剛寺坂を下り、地下鉄丸ノ内線を陸橋で越え、江戸川橋に向かう巻石通りに出る。江戸時代、神田上水が流れていたところ。

この通りには、称名寺、本法寺、日輪寺、善仁寺と四つの寺が並ぶ。本法寺は夏目漱石の両親の墓があり、漱石の句碑が建てられている。さらに面白いことに、『坊っちゃん』の作中人物、清の碑もある。

荷風の、小石川界隈の地誌を綴った随筆『礫川徜徉記《れきせんしょうようき》』（大正十三年。「礫川」は「小石川」のこと）によれば、日輪寺には、永井家で長く働いたしんという手伝いの女性（『日乗』には「老婆しん」として登場する）の墓がある。実直な女性だったようで荷風は、『礫川徜徉記』のなかで、その人と為りを賞め、日輪寺にしんの墓を詣でたことを書いている。

日輪寺の先にある第五中学校の前身は黒田小学校。永井荷風はここで学んだ。のち黒澤明も通った。荷風は黒澤明の先輩になる。

荷風が昭和八年一月一日に牛天神を歩いたときには、そのあと神楽坂に出て、田原屋で食事をしている。残念ながらこの田原屋は近年、なくなった。仕方なく、地下鉄の茗荷谷駅に出て、開いていた、駅近くの中華料理屋で餃子を肴にビールを飲む。今年は、荷風についてのエッセイ集を出す予定なので、いい散策になった。

荒川区の荒川三丁目、常磐線の三河島駅の近くに稲垣書店という映画書専門の古書店がある。映画書に関しては、日本随一と言っても大仰ではなく、映画研究者にはよく知られている。

稲垣書店の存在を知ったのは、一九八八年のはじめ。三河島を歩いたときに偶然見つけ、こんないい古書店があったのかと驚いた。そのことは本誌（「東京人」）一九八八年七月号に書いた。

その稲垣書店の店主、中山信行さんが暮れに、私家版の『一頁のなかの劇場』という本を送ってくれた。これが実に面白い。

稲垣書店は店舗も構えているが、同時に通信販売もしている。月刊誌「日本古書通信」に毎月、目録を載せている。『一頁のなかの劇場』は、副題に「『日本古書通信』誌上映画文献資料目録全一〇七回集成」とあるように、一九八二年六月号から二〇一三年四月号まで百七回分の目録を集めたもの。私家版。

これを見れば、映画の本の歴史がわかる。いわば映画の本の辞典になっている。資料として非常に貴重なものだ。

より正確にいうと、この書店は、本だけではなく、ポスター、パンフレット、さらには「東京宝塚劇場新築工事概要」（昭和九年）といった小冊子や、映画館のビラ、スターのブロマイド、映画のスチール写真まで扱っている。

従って、その目録の記録は、映画博物館の趣きもある。映画史研究に、この書店がいかに大きな役割を果してきたかが分かる。

稲垣書店の目録には大きな特色がある。

本に小さな解説が付いていること。それによって、その本がどれほど価値があるかが分かる。解説を書くのは大変な手間がかかるだろうが、中山信行さんは、それをいとわない。

いい本、貴重な資料を多くの人に知ってもらいたいという思いからだろう。

また、中山信行さんは、目録に一度載せたものは二度と載せないという方針を貫いてきた。だからこういう「集成」になる。

資料発掘には大変な努力がいる。本書には文章も添えられているが、「九島興行資料」を調べる苦労を書いた一文を読むと、その努力に頭が下がる。

九島興行とは明治末に札幌にできた映画の興行会社。映画館を経営する。中山信行さんは、ある古書市で、その興行会社の資料の入ったダンボール三箱を手に入れる。

そこからが大変。中を見ると、明治大正時代の手紙や、活動弁士たちの契約書、映画館の新築工事書類などが入っている。一見すると紙屑。それを丹念に整理してゆくと、貴重な北海道映画史になることが分かってくる。

「まだ春とてほとんど風呂にもはいらず、生活費稼ぎにたまに市場に行く以外家の二階にこもって、目覚めると始め限界がくると万年床に倒れ込みながら、資料の山と格闘した。文字通り寝食を忘れての没頭だった」

古書店主の楽しみのひとつは、貴重な資料の「発見」にあるという。紙屑のなかから宝を見つける。商売とはいえ、好きでなければできないだろう。

貴重な資料は、当然、売り値が高くなる。何百万円もする高価なものは、個人ではとても無理で、稲垣書店の買い手は、東京国立近代美術館フィルムセンター、国立歴史民俗博物館、早稲田大学坪内博士記念演劇博物館などの組織が多いという。

「九島興行資料」は、無事に早大の演劇博物館が買い取った。資料の保存、活用という意味ではこれでいいのだろう。

実は、近年、私自身は稲垣書店を利用しなくなってしまった。というのは、二〇〇八年に家内を亡くしたあと、一人暮しを始め、狭いマンションに引越し、本や資料をこれ以上増やさないようにしたから。年齢による断捨離である。

これからは、いまある手持ちの資料で仕事をしてゆく。そう決めたとき、本の整理に来てもらったのが中山信行さんだった。

『一頁のなかの劇場』のカラーページには山口昌男さんや出久根達郎さんの本と共に、拙著『マイ・バック・ページ』があり、扉のところに私がサインをしている。本の整理のときにしたもの。年月日は「二〇〇八年七月十八日」とある。家内が逝って一ヵ月後。もうそんなに長く生きられないと思っていた。

荻窪に買物に出た折り（南口においしいキムチの店がある）、杉並区立郷土博物館分館で「杉並区の小学校校歌」展が開かれているのを知り、立ち寄ってみる。

母校は阿佐ヶ谷駅に近い杉並第一小学校（作家の故久世光彦さんは先輩になる）。会場にカセットレコーダーがあり、校歌を聴くことができる。

久しぶりに聴く小学校の校歌が懐しい（藤原みゆき作詞、平井康三郎作曲）。戦後に作られた校歌だが、一番の歌詞に「文化の国のいしずえを築くわれらの学校に　おお日は光る　希望は燃えたつ」とある。

軍国主義の時代が終わり、これからは「文化の国」になるのだという「希望」があらわれている。キナ臭くなっている昨今、「文化の国のいしずえを築くわれらの学校」の思いを大事にしたい。

（「東京人」二〇一六年三月号）

尾崎一雄ゆかりの下曽我と蜜柑。

神奈川県の下曽我《しもそが》（小田原市）は、梅の里として知られる。

二月の休日、梅を見に行った。新宿から小田急線で新松田まで行き、そこで御殿場線（国府津《こうづ》行き）に乗り換え、三つ目の下曽我駅で降りる。

和風の小さな駅舎は、村里の一軒家を思わせる。休日なので案外、梅見客が多い。大半はシニア。駅前の商店が、梅見客相手に売店を出している。母親を手伝っている小学生の女の子が可愛いので、自家製らしい梅干を一パック買う（家に帰って食べたら、これがおいしかった）。

小さな商店街が山のほうに向かって延びている。銀行、郵便局、和菓子屋、薬局などがあるくらい。もともとにぎやかなところではないのだろう、さびれた感じはない。むしろのどか。昔ながらの駅前食堂があるのも好ましい。

下曽我は、昭和の私小説作家、尾崎一雄の故郷。『暢気眼鏡《のんきめがね》』など、奥さん（芳枝なので芳兵衛と呼ぶ）との貧しくも、穏やかな暮しを描いた一連の作品（芳兵衛もの）で知られる。『暢気眼鏡』で、昭和十二年の芥川賞を受賞している。最初の小説集で、初版は五百部だったというから、まさに暢気な時代だった。

私小説ではあるが、破滅型ではない。飄逸の味がある。「玄関風呂」という短篇は、ようやく念願の風呂桶を買ったものの、置き場所がないので仕方なく玄関に置いた、という話だから笑わせる。地味な作家だが、意外なことに、のち三島由紀夫が評価した。

この尾崎一雄は、下曽我の宗我神社で代々、神官を務めた家に生まれた。若き日、東京に出てきて作家として立ったが、昭和十九年に胃潰瘍になり、下曽我に戻った。以後は、この地を舞台に『虫のいろいろ』など、下曽我ものと呼びたい飄々とした随筆のような小説を書いた。

商店街を抜け、県道を渡ると、道は坂になっている。鳥居がある。坂が宗我神社の参道になる。その手前に尾崎一雄の文学碑があった。

地元できちんと顕彰されている。碑には、『虫のいろいろ』のなかの、家から間近に見える富士山のさまざまな姿を記した文章が刻まれている。「富士は、天候と時刻とによって身じまいをいろいろにする」。

原文では、便所から眺めるので「用便のたび眺める富士は」とあるのだが、碑では「用便のたび眺める」が省かれている。碑文に「用便」はふさわしくないからだろう。無理もない。

碑から二〇〇メートルばかり坂を上ると、突き当りが宗我神社。平安時代末期に創建されたという。全体に小振りでひっそりとしているのが、尾崎一雄に合っている。

この日はあいにく雲のために見えなかったが、晴れた日には、目の前に大きく富士山が見えるという。下曽我ものの飄逸平穏な世界は、この箱庭のような風景から生まれたのだろう。

もっとも、このあたりは、相模湾を震源地とした関東大震災によって大きな被害を受けている。宗我神社の拝殿も倒壊したが、そのあとすぐ、地元の人たちの熱意で再建された。

尾崎一雄は「この土地は、明治の頃から、梅と蜜柑の産地として、多少は知られていた」(『蜜蜂が降る』）と書いているが、神社の周辺も梅林、蜜柑畑が広がっている。

その蜜柑畑のなかに尾崎家の墓があり、尾崎一雄もそこに眠っている。昨年、ある雑誌に尾崎一雄について書いた。手を合わせ、その報告をする。


尾崎一雄の芳兵衛ものは、三作、映画化されている。戦前の『暢気眼鏡』（一九四〇年、島耕二監督）、戦後の『もぐら横丁』（一九五三年、清水宏監督）と『愛妻記』（一九五九年、久松静児監督）。

尾崎一雄を演じたのは、それぞれ杉狂児、佐野周二、フランキー堺。芳兵衛は、轟夕起子、島崎雪子、司葉子。

三本のうち『暢気眼鏡』だけは未見だったが、二〇一二年に神保町シアターが上映してくれたので見ることができた。

狭い貸間住まいをしている貧乏作家が、押入れで原稿を書くのが侘しく、そしてユーモラス。せっかく書いた小説を出版社に持っていっても、どこでも「時局に合わない」と断られる。飄々とした尾崎一雄が、軍国主義の世に合うはずがない。これには少しく感動した。

戦後の『もぐら横丁』の監督、清水宏は、当時、小田原に近い伊豆多賀（静岡県）に住んでいたので、尾崎一雄と親交があった。

短篇「松風」に、清水宏が屋敷内に築いた「蜂ノ巣窯《かま》」の窯開きに招待されたときのことが書かれている（窯の名は、清水宏が戦後、実際の戦災孤児を起用して『蜂の巣の子供たち』〈一九四八年〉を作ったことにちなんでいる）。

このときの招待客の顔ぶれが凄い。

尾崎一雄が師と仰ぐ志賀直哉とその夫人をはじめ、広津和郎夫妻、小津安二郎、野田高梧、そして尾崎一雄夫妻。いい時代だった。


墓に参ったあと、梅と蜜柑のあいだを下って駅へ戻る。途中、太宰治が『斜陽』を書いた家があったところを通る。現在は、空地になっていて、そこから相模湾が一望できる。

同じ鉄道で帰るのはつまらない。来たときとは逆に下曽我駅から次の駅、国府津へ出て、そこから東海道線で戻ることにする。

御殿場線（国府津―御殿場―沼津）は、よく知られているようにかつては東海道本線だった。箱根山を避けて迂回するように走る。勾配がきついのが難だった。

昭和九年に丹那トンネルが完成してから、東海道本線は小田原、熱海経由となり、国府津―沼津間は御殿場線としてローカル線に格下げになってしまった。

国府津は、かつては機関車の付け替えが行われる主要駅だったが、現在では、新幹線からもはずれた小駅になってしまった。

駅前に、鯛めし弁当を売っている店があったので、それを買って海辺に下り、浜辺で相模湾を見ながら食べる。東京に比べるとやはり暖かい。

東海道本線に沿って東海道が通っている。街道沿いに小さな商店がいくつかあり、どこか宿場町の面影を残している。昭和モダン風の建物があるかと思うと、屋台のようなラーメン屋がある。以前、海に面してあった趣きのある和風旅館の建物がなくなっていた。店仕舞いしたのではなく改築だといいのだが。

町のあちこちに童謡「みかんの花咲く丘」のイベントのポスターが張ってある。何だろうと思って町の人に聞くと、戦後、童謡歌手の川田正子が歌って大ヒットした「みかんの花咲く丘」（〽みかんの花が咲いている……）は、国府津ゆかりの曲なのだという。

なるほど家に帰って調べたら、作曲家の海沼實が、東京から伊東に向かう列車に乗り、国府津駅付近で曲想を得たという。子供の頃によく歌った童謡は国府津と縁があったか。


家の近くに、阿佐ヶ谷団地と荻窪団地がある。正確にはあった。現在、それぞれ取壊され、マンションが建てられている。団地が輝いていた時代が消えつつあるのを実感する。

そんな折りに出版された、長谷田一平『フォトアーカイブ　昭和の公団住宅』（智書房）には、団地に住むことが憧れだった時代の懐かしい写真が満載されている。

東京を中心に首都圏の団地での暮しが、よくとらえられている。子供が少なくなったいま見て驚くのは、子供の数が実に多いこと。

どの写真にも子供の笑顔があふれている。

団地の運動会、野球大会、サッカーの試合、入学式、相撲大会、盆踊り、秋祭り……、団地内で開かれるさまざまな行事の主役はいつも子供たち。子供が相撲を取る姿（女の子も）など近年、見たことがない。

昭和四十一年の団地調査によると、居住者の世帯主の平均年齢は三十六・四歳で、調査した団地人口五十五万人のうち半数近くが二十五歳から四十歳までだったという。高齢化が進む現在の団地と違って、当時は「若い町」だったことがわかる。

当然、子供の数も多い。そして写真を見ていて気づくのは、その子供たちが元気に外で遊んでいること。子供が外で遊ばなくなった現代から見ると隔世の感がある。

日本住宅公団（現在のＵＲ）は昨年、発足六十年を迎えた。著者の長谷田一平さん（一九四七年生まれ）は、団地内の一種のタウン紙「ＫＥＹ新聞」に三十年以上、勤めたという。その新聞が二〇一二年に廃刊になった折り、創刊から五十三年ぶんの新聞原本とネガが廃棄処分されるのを知り、それをすべて自宅に持ち帰り、知人たちと整理し、本書を作った。「庶民の住宅と言える公団住宅での暮しぶり」を残したい、伝えておきたいという気持ちだった。帯にある「明日は今日よりきっとよくなる――誰もがそう思っていた時代」という言葉に納得する。

荻窪団地の写真もある。団地の一画にある小公園のブランコで、子供たちが小春日和のなか遊んでいる。この団地も消えた。

一月に所用で四日市に行った。

名古屋から近鉄に乗ればよかったのだが、ＪＲの関西本線に乗った。桑名あたりで寝込んでしまった。一人旅で居眠りは気をつけなければいけないのに。

気づいたときは、列車は四日市を過ぎ、見知らぬ郊外の小さな高架駅にとまっている。あわてて降りた。どこだ、ここはと大いに焦った。駅名を見ると、鈴鹿《すずか》駅とある。列車は四日市を過ぎたあと、津へ向かう伊勢鉄道に乗入れてしまっていた。

駅はがらんとしていて人がいない。四日市に戻ろうにも次の列車まで一時間はある。駅前に住宅はあっても商店はない。タクシーもない。

仕方なく駅周辺を歩いていたら、別の鉄道の線路が地上を走っている。それが近鉄の支線だと分かり、ほっとした。線路に沿って歩けば駅があるだろう。そこが鉄道の有難いところ。二十分ほど歩いて、近鉄の鈴鹿市駅にたどり着いた。年を取ってからの一人旅では、うっかり眠ってはいけないと改めて自戒した。

しかし、はじめて伊勢鉄道に乗れたのは、収穫だったと言えるかもしれない。

（「東京人」二〇一六年四月号）

布良から岡山へ、荷風をめぐる旅。

房総半島の南端に布良《めら》という小さな漁師町がある（館山市）。明治時代に画家をめざしていた若き青木繁がここに滞在し、代表作「海の幸」を描いたことで知られる。

三月の暖かい一日、布良に出かけた。

内房線で主要駅の館山まで行き、そこから半島の最南端の白浜に行くバスに乗って三十分ほどで布良に着く。

バスの走る国道から海に向かって傾斜地になっていて、そこに瓦屋根の家々が建てられている。狭いところに家が密集しているので、道は狭く迷路のように入りくんでいる。

青木繁（一八八二―一九一一）は、久留米の生まれ。明治三十二年、十七歳のときに、洋画家を志して東京に出た。東京美術学校を卒業した明治三十七年の夏、ひなびた漁村だった布良に出かけた。

青木繁をモデルにした林芙美子の小説『夜猿』には「美術学校を卒業した夏、両国から汽車で、繁は布良へ旅立った」とあるが、実はこの時代、内房線はまだ館山まで通じていない。館山（当時は安房北条）まで内房線が延びるのは大正時代になってから。

松本清張の『私論　青木繁と坂本繁二郎』（新潮社、一九八二年）によれば、青木は東京の霊岸島から船に乗り、三浦半島の浦賀経由で館山に着いた。そこから布良までは歩いた。

同行したのは、友人の、やはり画家をめざす坂本繁二郎と森田恒友、そして恋人の福田たねだった。ちなみに、青木と福田たねとのあいだに生れた子供が尺八の名手、福田蘭童。私などの世代には戦後の人気ラジオドラマ「笛吹童子」の主題歌（〽ヒャラーリ、ヒャラリーコ……）の作曲で知られる。蘭童の子供が、クレイジー・キャッツの一員だった石橋エータロー。

バス停で降り、坂を海のほうへ下ってすぐのところに、四人が滞在した小谷家の家がある。四人とも貧乏学生だったから旅費がすぐに尽きた。そのとき、小谷喜録という漁村の有力者が四人を家に泊めてくれた。おかげで彼らは一ヵ月余も布良に滞在し、青木繁は「海の幸」を完成することができた。

この小谷家は近年、町の有志たちの手で修復され、保存されている。その運動を支援したのが昨年、ノーベル生理学・医学賞を受賞した大村智さん。この先生は本当に、きれいなお金の使い方をしている。

実は布良には二十年ほど前に来ている。房総旅行記『火の見櫓の上の海』（NTT出版、一九九五年）を書くためだった。

その頃も、いまも町の様子はあまり変わっていない。平日の午後なので歩いている人も少なく、ひっそりとしている。海でサーフィンをしている人が四人ほどいるのが目立つくらい。マグロ漁でにぎわったという明治時代のほうが活気があったかもしれない。

永井荷風に『来訪者』という小説がある。

昭和十九年、発表のあてもなく執筆され、終戦直後の昭和二十一年、筑摩書房から出版された。荷風は昭和十年代、猪場毅と平井程一という二人の文学青年と親しくなった。ところが二人は荷風の原稿の偽書を作り、それを売っていた。事実と知った荷風は驚き、交を絶った。

『来訪者』は、この事件をもとに書かれた。一般には、荷風が二人に「筆誅」を加えたモデル小説と評され、評価は低い。しかし、よく読むと決してそんなことはない。愛情を持てない人物を、作家が書くはずがない。

『来訪者』は、二人のうち平井程一を主人公にし、一人の文学青年の行く立てを描いている。「筆誅」どころか、平井をモデルにした「白井巍《たかし》」に対する愛情が随所にうかがえる。

作中、「白井」は東京での暮しが続けられなくなり、生活費の安い房総の小さな町に移り住む。そこが布良。

荷風は小説を書くにあたって、つねに舞台となる場所に興味を覚え、詳しく書き込んだ。『来訪者』の場合はどうなのか。町の描写は『濹東綺譚』の玉の井に比べると、あっさりしている。『断腸亭日乗』にも布良に行ったという記述はない。

ところが、ここに一通の不思議な手紙がある。古書好きで、荷風を敬愛していた書物研究家の岡野他家夫《たけお》が昭和三十七年に出版した随筆『書國畸人伝』（桃源社）に収められている。

荷風が昭和十年頃に岡野に出した手紙だが、なんと住所は「安房郡富崎村布良　平井方」となっている。荷風が、布良に移り住んでいた平井程一の家に滞在していたことになる。

しかも、手紙の内容は「小生昨年末より、世間へは秘密にて房州に隠居罷在《まかりあり》」とある。驚く。この手紙の写真は『書國畸人伝』にあるし、岩波書店の新版『荷風全集』にも収められている。

実に不思議である。荷風が布良に滞在していたことがあり得るのか。滞在していたのなら、『断腸亭日乗』になぜ書いていないのか。もしかしたらこの手紙も平井程一の偽書ではないのか。長年の謎である。実は今回、布良に出かけたのも、何か手がかりがあるかもしれないと思ったのだが、残念ながらまったく見つけられなかった。

布良からまたバスで館山に戻る。

食事をしようと思って駅前の商店街を歩いたが、店じまいしたところばかり。完全にシャッター通りになっている。館山のように東京からさほど遠くないし、気候の温暖なところでもこんなになっているとは。

そういえば、来るとき、東京から館山までの特急がなかったのに驚いた。帰りも、早い午後にはない。かわりにバスの本数は多い。

東京駅の八重洲口からは、房総半島各地への高速バスが何本も出ている。三十分か一時間に一本ある。いまや、「房総へは鉄道ではなくバスで行く」時代なのだろう。鉄道好きには寂しい。

食事するいい店が見つからない。仕方ないので駅の売店で珍しい鯨弁当があったのを買い求め、帰りのバスのなかでそれを食べる。幸いバスは空いていた。南房総ではまだ、かろうじて鯨の食文化が健在のようだ。

所用で岡山県の山間部、津山、勝山（現在、真庭《まにわ》市）、備中高梁《たかはし》と二泊三日の旅をした。高梁からの帰り、同じ伯備線の清音《きよね》駅で降りてみた。倉敷の隣りの駅だが、木造の小さな駅舎で、駅周辺には、まだ昭和三十年代の懐かしい町並みが残っている。

横溝正史は神戸の生まれだが、母親は清音の出身。その縁で戦時中、このあたり（現在、倉敷市真備町岡田）に疎開した。

そこでの生活が気に入り、横溝は、昭和二十一年に、岡田村を舞台に『本陣殺人事件』を書く。金田一耕助初登場の作品。

横溝正史ゆかりの地だからだろう、駅前には金田一耕助の顔出し看板が置かれている。駅前の小さなパン屋には、横溝正史と、この町の関わりを書いた小冊子が売られている（「巡・金田一耕助の小径」実行委員会の発行）。そこに『本陣殺人事件』ウォーキングマップが載っていて、作品の舞台となった場所が克明に記されている。ここでも文学者ゆかりの町歩きが行なわれているようだ。

この小冊子にはさらに、昭和二十年の終戦直前の八月十三日に、永井荷風が疎開先の岡山市から、勝山に疎開していた谷崎潤一郎を訪ね、そのあと、八月十五日の終戦の日、再び伯備線に乗って岡山に戻ったことが記されている。どこかで荷風と横溝正史はすれ違っていたかもしれない。

清音駅の隣り（高梁側）は総社駅《そうじゃ》。こちらは大きな駅。総社市はあまり語られないが、荷風が訪れたことのあるところ（当時は、総社町）。

岡山市で終戦を知った荷風は混乱のなか、東京に戻ることになるのだが、このとき、八月二十七日から二十九日まで、総社の旅館に滞在している。

散歩好きの荷風のことだから、短期間とはいえ総社の町を歩いたのだろう、終戦直後に書かれた小説『問はずがたり』は、長く東京で暮していた主人公が、最後、故郷の町へ帰り、隠棲するところで終っているが、この町が総社に設定されている。一度、ゆっくり歩いてみたい。

『荷風と東京』『林芙美子の昭和』『白秋望景』を書いてきた人間として、昭和史には関心がある。ただ、あくまで市井人の暮しを知りたいのであって、政治、経済、そして軍部の動きにはあまり興味がなかった。

これではいけないと最近、遅ればせながら少しずつ昭和史の勉強を始めるようになった。そんな折り、二月二十六日、千代田区立日比谷図書文化館で開かれた、昭和史研究、とりわけ二・二六事件研究の第一人者、筒井清忠さんの講演を聴きにゆく。今年は、昭和を震撼したあの事件から八十年になる。

筒井さんの講演を聴いていて、目からウロコが落ちたことがある。長年の疑問が氷解した。永井荷風『濹東綺譚』のあとがき「作後贅言」に、以前から気になっている文章がある。銀座通りに柳が植えられたことなどを記している文章のなかに突然、こうある。

「霞ヶ関の義挙が世を震動させたのは柳まつりの翌月《あくるつき》であった」

「霞ヶ関の義挙」とは、昭和七年（一九三二）五月に起きた海軍青年将校らによる犬養毅首相暗殺、要人襲撃、いわゆる五・一五事件をさしている。二・二六事件の前触れとなった軍部急進派によるクーデターである。荷風は、これを書きとめた。

ただ、あれほど、軍部を嫌った荷風が、なぜこの事件を「義挙」と呼んだのか。筒井さんの講演を聴いて長年の疑問が解けた。

事件の翌年から公判が開始され、その様子は連日、大々的に報道され、青年将校の主張「腐敗堕落した既成の政党政治家、財閥、官僚等の特権階級を打倒せよ」が連日のように新聞紙面をにぎわせた。

その結果、被告の青年将校への同情、共感が広がった。「五・一五音頭」というレコードまで発売された（さすがに即日発売禁止になったが）。今風に言えば、国民的大フィーバーが起きた。

世論が沸いたためだろう。時の首相を殺害したのにもかかわらず、裁判では被告は一人も死刑の判決を受けなかった。そのあとの二・二六事件の裁判が、弁護士なし非公開という「近代史上最大の暗黒裁判」となり、被告の十七名が死刑になったのと対照的。

なるほど、こういう世論の熱気のなかで、軍嫌いの荷風も五・一五事件のことを「義挙」と書いたのか。大いに納得した。


（「東京人」二〇一六年五月号）

猫に呼ばれて、台湾再訪。

三月にまた台湾を旅した。昨年の台湾行きがあまりに楽しかったから。今回も昨年と同じく、台湾好きの二人の編集者が同行してくれた。

日本はいま大変な猫ブームだが、台湾も近年、猫が人気になっている。かつては「台湾人は猫嫌い」と言われていたというが、いまや猫は多くの人に可愛がられるようになった。

以前は、猫は鼠を捕る動物として実用的価値のために飼われていたが、いまでは単に可愛いからという理由で飼う人が増えてきた。

台湾の猫ブームの牽引者は、猫夫人という愉快な名前の写真家。夫は、猫を専門に診る獣医。それで「猫博士夫人」、略して「猫夫人」となった。

猫夫人は、猫の写真を撮るだけではない。猫を保護する運動もしている。台北郊外の小さな村に、野良猫が百匹以上、いるのを知った。かつての炭鉱町。いまはさびれ、老人が二百人ほど住んでいるだけ。老人たちがたくさんの猫の面倒を見られないことを知った猫夫人は、猫好きたちとボランティア活動を始めた。

餌やり、避妊と去勢の手術、予防接種など猫保護の活動をすすめた結果、その小さな村はいつしか猫村として、国内外の猫好きに知られるようになった。

猫夫人の案内で、一日、猴硐《ホウトン》というその猫村を訪ねた。台北から東へ、車で一時間ほどのところにある。鉄道（宜蘭《イーラン》線）の駅があり、駅前を川が渓谷をつくって流れている。東京でいえば、奥多摩の青梅線沿線の小さな町に似ている。駅、渓谷、橋、数軒の商店。箱庭のよう。

通りを歩くと、確かにあちこちに猫がいる。人間が近づいても逃げることはないが、不必要に甘えることもない。猫らしくていい。

猫はたくさんいても群れることはない。一匹一匹、自分なりに生きる。「一匹狼」という言葉があるが、あれは狼は本来、集団で生きるのに、一匹だけ、集団から離れる変わり者がいるという意味。猫は集団を作らないから「一匹猫」が当たり前。従って、こういう言葉はない。

猫夫人は写真家だから、時折り、猫だけではなく、我々にもカメラを向けてくれる。ポーズの指示がある。美しい猫夫人に言われると、「ニャン」と飛び上がる。

猴硐には高い建物はない。小さな、古い住宅が点在する。どこか懐しい。

少年時代を台湾の台中で過ごした作家、リービ英雄（一九五〇年生まれ）の最新作『模範郷』（集英社）は、「ぼく」が何十年ぶりかで台中を訪れ、少年時代を過ごした家を探す話だが、半世紀近くたっているので、もう町の風景がすっかり変っている。「ぼく」は知人のこんな言葉を思い出す。「あの時代の台湾はもう台湾にはない」。

変化が激しいのは現代社会の宿命だろう。

しかし、猴硐という猫村には、炭鉱がさびれ、時代から置いていかれたためか、「懐しい」風景が残っている。日本でいえば「昭和三十年代」の町を思い出させる。

猫はやはり、高層ビルが並ぶ新しい町より路地の残る古い、小さな町のほうが住みやすいだろう。猫ブームの底には、失われてゆく懐しい町の風景への郷愁があると思う。

ちょうど三月に、猫夫人によるフォト・エッセイ『店主は、猫　台湾の看板ニャンコたち』（WAVE出版）が日本でも出版された（訳　天野健太郎、小栗山智）。

台北をはじめ、台湾各地の商店で飼われている猫を撮影したもの。漢方薬局、乾物屋、製麵屋、荒物屋……さまざまな店に猫がいる。店頭にいて看板娘ならぬ看板猫になっている。

写真を見ていて、気がつくことがある。どの店も昔ながらの個人商店であること。チェーンの店ではおそらく猫は飼えない。個人商店だからこそ大事にされる。この写真集は、可愛い猫を撮っていると同時に、まだ個人商店が健在の懐しい町並みを撮っている。そこがいい。猫がいる町とは、「組織」に抗して「個人」が元気でいる町ということになる。


台南では、昨年もお世話になった成功大学歴史学研究所で台湾史を研究している黒羽夏彦さんに、また町を案内してもらう。

夜の台南はにぎやか。食堂、屋台がたくさん並び、どの店に入ったらいいか迷う。

なぜこんなに食べ物屋が多いのか。黒羽さんによると、台湾では外食が普通のことなのだという。母親も働いている家庭が多い。なかなか食事にまで手がまわらない。家族で外に食べにゆくことになる。その結果、安くて気の置けない庶民的な食べ物屋が増える。

日本より外食文化が発達していることになる。また黒羽さんは、こんな話もしてくれる。

台湾では日本以上に転職が多い。起業する人も多い。失敗したら、最後には、屋台で食べ物屋を始めればいいという安心があるためだという。

屋台が並ぶにぎやかな町を歩くのは楽しい。台南は三月の地震でマンションが崩壊し、その横倒しになった映像には驚いたが、被害はあのマンションだけだったようで、他の建物には影響はなかったという。

台湾の町を歩いていてすぐに気づくのは、どの建物も道路に面してアーケードになっていること。停仔脚《ていしきゃく》という。雨の多い土地なのでこういう作りになっているのだろう。細い柱の上に建物が載っているようで、見た目は危なっかしいが、これで地震でも大丈夫なのだという。

今回、行きたかった町に新化がある。台南の市中からバスで東へ一時間ほどのところにある。

ミステリ作家、日影丈吉の台湾ものの長編『応家の人々』（昭和三十六年）は、戦時中（昭和十四年）、新化で殺人事件が起きるところから物語が始まる。

本島人（台湾人）の役場の吏員が、同じ本島人の警察署の書記を毒殺した。「私」（日本軍の中尉）が事件を調べることになる。

「私」は台北から新化にやってくる。小説では、町の名前は大耳降となっている。新化の旧名である大目降をもじっている。

田園のなかの小さな町として描かれている。煉瓦づくりの家々。竜眼の林がある学校の校庭。マンゴーの並木。殺人事件には不似合な穏やかな町並みに「私」は魅了される。

『応家の人々』を読んでから、この町に行きたくなった。鉄道はないので台南の駅前からバスに乗る。小一時間で新化に着く。小説のなかでは小さな田舎町だが、現在では、思ったよりにぎやか。近年、台南市に入っている。

にぎやかな商店街には、ファサードに装飾が施された、バロック調の古い建物の並ぶ一画がある。台湾では「老街《ラオジェ》」と呼ぶ。神保町にかすかに残る昭和の建物群に似ている。

前日、台南の国立台湾文学館を訪ねたとき、楊逵《ようき》（一九〇六―八五）という台湾では有名な作家がいたことを知った。

この世代は、日本の統治下、日本語で小説を書き始めた。「新聞配達夫」というデビュー作は日本語で書かれている。戦後に中国語を学んだ。母国語を奪われた世代である。

楊逵は日本の文学ジャンルで言えばプロレタリア文学に入るという。国民党の時代、弾圧を受け、十年間あまりも投獄されていた。

この楊逵が新化の出身で、町には顕彰する文学館があった。台南から台北へ戻り、一夜、聯経出版の社長、林載爵さんと食事をした。

林さんのもっとも尊敬する作家が楊逵で、林さんは若い頃、楊逵の家で農作業を手伝いながら、書生のようなことをしていたという。

この作家に興味を覚える。

昨年、台北で会った女性の映画監督、チアン・ショウチョン（姜秀瓊）さんは、台湾は小さな国なので、日本のような東京一極集中はない、と語っていた。

確かに、昨年、訪れた東海岸の花蓮でも、今回の新化でも、日本の地方都市で問題になっているシャッター通り商店街は見られない。商店街には、市場のにぎわいがある。

今回、東海岸の宜蘭《イーラン》にも行ったが、この地方都市もさびれているという印象はまったくなかった。通りに所狭しと果物、野菜、肉などを並べる市場は活気があるし、そのなかの食堂も客の出入りが多い。

宜蘭には、職人街や、豆腐屋の並ぶ豆腐通りがあるのも面白い。こういう町は歩くのが楽しく、いくらでも歩けてしまう。町の人が人なつこく、親切なのも有難い。うっかり帽子を落すと、たちまちあちこちから「落したよ」と声が掛かる。

二〇一一年、拙著『マイ・バック・ページ』が台湾で翻訳出版された。その出版社、新経典文化が今年、また拙著を二冊、出してくれることになった。有難く、うれしい。

『いまむかし東京町歩き』(毎日新聞社、二〇一二年)と、この連載をまとめた一冊目の『そして、人生はつづく』(平凡社、二〇一三年)。翻訳は、前者が、いつも通訳として付添ってくれる黄碧君さん(愛称エリー)。後者が、『マイ・バック・ページ』を訳してくれた頼明珠さん。

台湾滞在最後の日、エリーさんに付添ってもらい新経典文化の編集部を訪れる。大きなビルのなかの小さな一室。社長の葉美瑤さんをはじめ編集の梁心愉さん、陳柏昌さんらスタッフは六人ほど。「東京人」と変らない。

最近出版した本には、なんと山田洋次監督の映画のつくりかたの本がある。また、梁さんがいま手がけているのは、ヘミングウェイやスコット・フィッツジェラルドの編集者だったマックスウェル・パーキンスの伝記だという。以前、常盤新平さんが名著『アメリカの編集者たち』(集英社、一九八〇年）で紹介していた。

こういう本を出している小さな出版社で拙著を出してもらえるのはうれしい。頼明珠さんがこんなことを言っていたのが、心に残っている。

「台湾は国が小さいから『小《シャオ》』はいい言葉なんです。村上春樹さんのエッセーから広まった『小確幸《シャオチュエシン》』（小さな確かな幸福）というように」

頼明珠さんと会ったカフェバーの名前も「小自由《シャオズーヨウ》」だった。

（「東京人」二〇一六年六月号）

遊意の動くのを覚え、菖蒲町へ。

きれいな名前の町には、それだけで行きたくなる。

埼玉県の北東部に、菖蒲《しょうぶ》町という町がある。現在は久喜《くき》市に入っている。五月の菖蒲の季節になると、この町のことを思い出す。以前から一度、行きたいと思っていた。

五月の連休が終ったあと、朝から、風がさわやかで、五月晴れ。思い立って菖蒲に出かけた。浅草から東武伊勢崎線の急行に乗り、一時間ほどで久喜に着く。典型的な郊外の駅で、橋上駅。駅前にロータリーがあり、そこから菖蒲へのバスが出ている。

小さな町への散歩や町歩きを愛した国文学者の岩本素白《そはく》（一八八三―一九六一）は、昭和三十年代に菖蒲の町に出かけている。

「遊行三昧」という随筆（『素白随筆』春秋社、昭和三十九年）に、その日のことを書いている。

「去年の秋もややふけた或る月曜日の午前に、三時間ばかりの講義を済ませた私は、急に遊意の動くのを覚えて、書物の風呂敷を抱へたまま上野から汽車に乗つた（注、久喜は東北本線の駅でもある）。よく晴れた日で、赤羽の鉄橋から見た河原の枯草の色が暖かく黄ばんで、荒川の水は空の色と共に碧く澄んでいた」

素白は、午前中、大学の授業を終えたあと、急に郊外散歩に出たくなる。「急に遊意の動くのを覚えて」という表現が文人らしい。「書物の風呂敷」もまた。永井荷風の『濹東綺譚』で、冒頭、「わたくし」が浅草裏を歩くときに、風呂敷を持っていたことを思い出す。文人には風呂敷が合った。ジーンズとスニーカーの世代では風呂敷は似合わない。

素白は「菖蒲町」という名に惹かれた。

「東京に永らく住んでいる人達でも、恐らく何か偶然の機会のない限り、上野から近々二時間足らずで行かれる所に、こんな珍しい名の町々がある事を知つて居る人は少いであらう（注、「町々」とあるのは、菖蒲町と、その先の騎西町のことを言っている）」

久喜の駅前から菖蒲に向かうバスに乗る。平日の昼なので空いている。郊外のショッピングセンターや工業団地を過ぎ、三十分ほどで菖蒲の町に着く。

ちょうど降りたバス停のところに台湾料理店があったので、そこで腹ごしらえをする。日本語がまだおぼつかないウェイトレスに、「先月、台湾に行ってきた。宜蘭《イーラン》の町がよかった」というと、なんとか理解してくれて、笑顔を見せてくれる。

店を出て町を歩く。昔ながらの小さな商店街がある。無論、もう活気はないが、それでも、うなぎ料理屋が二軒もあるのは、農村の面影を感じさせる。「営魚中」というのは、川魚の店だからだろう。もう店を閉じているが、古い薬局らしい店には、「中将湯」の看板が残っている。

菖蒲神社という古い神社があり、花はまだ咲いていなかったが、みごとな藤棚がある。藤は樹齢およそ三百五十年、根回りが約九メートルもある。棚の周りには、町の人たちの短歌や俳句の短冊が架かっている。印象に残ったのは――。

「振り向かぬ別れもありぬ藤の花」

「新入生待つ教室は静かなり　窓には桜花あふれんばかり」

英文俳句まであるのには驚いた。

“The spring is in the air and purple colors are called”

町に溶け込んでいるいい神社だとわかる。本殿の傍には、慰霊碑がある。見ると、太平洋戦争の犠牲になった死者の名前が刻まれている。三百人はいるだろう。こんな小さな町でも、多くの若者が戦争に行った。


菖蒲の町は田園地帯。米だけではなく、野菜や果物がとれる。苺と梨が名産という。町の中央を、見沼代用水が流れている。水量は多く、川のよう。以前、大宮あたりを流れる見沼代用水に沿って歩いたことを思い出す。

用水に沿って歩く。畑と田が広がっている。田にはまだ水が入っていない。このあたりでは、田植えは五月末だという。


昭和四十年代、この菖蒲の町に農業をするために移り住んだ作家がいる。

深沢七郎。かの『風流夢譚』の騒ぎなどから東京での作家生活が嫌になり、菖蒲町に移住し、農業を営んだ。自分の農場を「ラブミー農場」と呼んだ。

菖蒲の町には鉄道が通っていない。鉄道の駅がある久喜からバスで行かなければならない。そのために、隠れ里の雰囲気が残り、東京の暮しを捨てた深沢七郎には、格好の隠れ場所になったことだろう。

深沢七郎は山梨県の出身だが、若いころから農業をしたい夢があったので、いろいろ探して菖蒲町を選んだという。

「『ここは埼玉県菖蒲町、関東平野のど真ん中だ』と私は聞かされた。見渡すかぎり広く平坦な土地である」

「私の郷里の山梨は、山は険しく雄大でなんとなく荒々しい風景だが、ここは女生徒が写生した風景のようにおとなしい。私の畑のそばには利根川からひいた見沼代用水が流れている。これも人工に作られた川だが、江戸時代からのものなので人工の川とは思えないほど自然になっているのだ」

確かに、見沼代用水に沿っての田園風景は「平坦」で、深沢七郎が書いているように「女生徒が写生した風景のようにおとなしい」。ベートーヴェンの「田園交響楽」を口ずさみたくなる。

菖蒲町までは、久喜からバスに乗ったが、田園風景があまりにいいので、帰りは久喜まで歩くことにする。

見沼代用水の清流が、人工の川とは思えないほど清々しい。水辺を歩くのは楽しい。

まだ水が入っていない田では、飛行機マニアが模型飛行機を飛ばしている。田圃道を歩いていたら小さな蛇に遭遇した。何年ぶりだろう。しばらく蛇が去ってゆくのを眺めた。

菖蒲町は、東京の日比谷公園を作ったことで知られる造園学者、本多静六（一八六六—一九五二）の出身地だと知った。

小さな公園に、その顕彰碑が作られていた。本多静六は、ここの出身だったか。こういうことは、その町に行って歩いてみないとわからない。町が碑を作って、その業績を顕彰しているのも頭が下がる。

田園地帯を歩く。工業団地のなかを抜ける。さすがに、その殺風景には気力がなえたが、生垣のある住宅地や、ケヤキの並木道に入ると、ほっとする。

久喜駅に着いたのは夕方。三時間以上、歩いたことになる。七十歳をすぎた高齢者としては、よく歩いたほうだろう。

久喜駅の手前の住宅街を歩いていたとき、ささやかな、うれしい発見があった。

『李陵』(昭和十八年)などで知られる昭和の作家、中島敦(一九〇九—四二)は、東京の生まれだが、子供のころ、久喜に住む祖父母の家で暮したことがある。

祖父は、中島撫山という江戸時代の儒者。だから、中島敦の文章は、漢語の詞藻が豊かで、引き締まっている。

この祖父、撫山が顕彰されているだろうかと、久喜駅にたどり着いて、駅付近を歩いていたら、駅の近くに、「中島撫山邸宅跡」と標示があるではないか! 現在は、あけぼの薬局になっている。標示は、平成十三年に久喜市の教育委員会が作ったものだという。

これには、感動した。地方創生が言われるとき、たいていは経済発展が語られるが、こういう文化こそ大事にしてほしい。

杉並区の阿佐谷で育った。中央線のこのあたりは、作家が多かったことから近年、阿佐谷文士村と言われるが、忘れてはならないのは、作家だけではなく、画家が多かったこと。津田青楓、恩地孝四郎、鈴木信太郎らが住んでいる。私の家の近くには、富永謙太郎が住んでいた。この人の娘、富永美沙子は女優だったが、恋人と心中自殺した。

田中青坪《せいひょう》という画家がいる。

日本画家だが、印象派の洋画のような、日本画離れの絵を描いた。この人は、長く荻窪に住んだので、荻窪の人とばかり思っていたが実は、群馬県の前橋市の出身だという。

その縁で、この春、前橋市の美術館、アーツ前橋で「田中青坪展」が開かれた。

たまたま、所用で前橋に行ったので、帰りに、この展覧会を見た。

日本画家なのに、絵は、フランスの印象派を思わせる。いまふうにいえば「おしゃれ」。

平日だったので、美術館のなかは静か。つくづく、フリーの身であることを有難いと思う。素白のいう「遊意」を楽しめるのも、時間を気ままに使える自由業であるからこそだろう。

前橋まで来たら、乗りたい鉄道がある。県庁所在地である前橋（駅名は、中央前橋）と西桐生を結ぶローカル私鉄、上毛電鉄。

ただ、残念ながら終点の桐生まで行く時間がない。途中の大胡《おおご》駅まで乗る。この駅は、以前にも来たことがある。

というのは、映画の舞台になったから。

乙一《おついち》原作、天願大介監督のサスペンス『暗いところで待ち合わせ』（二〇〇六年）に登場した。一人で暮している、目の不自由な女性（田中麗奈）の家に、ある日、殺人容疑者として警察に追われている若者（台湾の人気スター、チェン・ボーリン）が現れる。

ローカル鉄道の寂れた風景が、物語の思いがけなく発展するラブストーリーによく合っていた。

あれから十年たっているが、大胡駅の木造駅舎は、そのころのままで、ほっとした。


（「東京人」二〇一六年七月号）

地方のいい町三点セット、駅と水田と酒蔵。

栃木県に烏山《からすやま》線というJRの鉄道がある。規定上の区間は東北本線の宝積寺《ほうしゃくじ》—烏山だが、実際には宇都宮からの列車が多い。二〇キロほどの短い盲腸線。大正十二年に開業した。

地方の鉄道が衰退してゆく時代、廃線になったり第三セクターになったりしてもおかしくないローカル鉄道だが、いまもJRなのは立派。

宇都宮からは西へ日光線が出ている。こちらは観光地の日光があるが、反対の東へと向かう烏山線には観光名所は少ない。生活列車。

六月のはじめ、田植えが終わった水田の風景が見たくなって、烏山線に乗った。例年は、水田風景が美しい水郡《すいぐん》線に乗りにゆくのだが、今年は、久しぶりに烏山線にした。

宇都宮から烏山行きの二両の気動車に乗る。本数が一時間に一本くらいしかないのが難だが、ローカル線では待つのも旅のうち。

宝積寺駅を過ぎると小さな駅が続く。次第に田園風景が広がってくる。

座席はロングシート。昼過ぎの車内は、宇都宮に買い物に出たらしい人が多い。大きな紙袋を持っている。東京でいえば中央線や山手線と変わらない。

一時間ほどで終点の烏山駅に着く。十年ほど前に来たきりだが、駅舎がパイプを使ったモダンな建物になっているのに驚く。以前の木造瓦屋根の駅舎もよかったのだが。

駅前に小さな商店街があるだけではなく、街のあちこちに商店が点在している。蔵や、土蔵造りの商店が残っている。高い建物はほとんどない。緑が多い。この季節、歩いていて気持ちがいい。烏山藩三万石の城下町。ただ、城は残っていない。町の中を那珂川の清流が流れている。鮎がとれる。「鮎の町」を謳っている。駅前には、鮎の塩焼の店がある。残念ながら持ち帰りの店で、食堂はない。

那珂川の堤に座って、宇都宮駅で買った餃子弁当を食べる。これが思った以上においしかった。

鉄道の旅に出るときは、車内で読む本を何冊か持ってゆく。今回、選んだのは鉄道ミステリの名手、鮎川哲也の『準急ながら』（一九六六年）。烏山線と烏山町が出てくる。

冒頭、新聞記者が烏山に住む生花の師匠に会いにゆく。宇都宮から烏山線に乗る。気動車が下野《しもつけ》花岡《はなおか》の無人駅を出ると「左右の窓には黄色くなった麦畑がながくつづいてみえた」とある。田園地帯を走る列車であることがわかる。

「烏山は、トリノコをはじめとする和紙の製造と木材の産出で知られた町である」ともある。和紙はいまも作られていて、烏山和紙会館には、さまざまな和紙、工芸品が展示されている。

この町は、毎年、七月に行われる山あげ祭で知られる。大きな屋台が、そのまま舞台の一部になり、歌舞伎や踊りが演じられる。野外劇になる。

この祭りを、実際に見たことはないが、映画のなかで見たことがある。山田洋次監督の『男はつらいよ』シリーズの第四十六作『寅次郎の縁談』（一九九三年、松坂慶子主演）。

開巻、渥美清演じる寅が、テキヤ仲間（関敬六）と商売に出かけたところが、山あげ祭でにぎわう烏山町（二〇〇五年に合併により那須烏山市に。人口約二万七千人）。

タイトルシーンで、通りへ運び出された屋台が次々に舞台に立ち上げられてゆく。滝、桜の咲く山、波、橋などの装置が出現する。この装置に特産の和紙が使われている。町が劇場になってゆく。町の人が「日本一の野外劇」と誇りにするのもうなずける。

町の人に聞くと、祭りは七月だが、『男はつらいよ』の撮影にあたって十一月に特別に行なったという。「男はつらいよ」人気をうかがわせる。

映画といえば、この小さな町は知る限り、『男はつらいよ』のほかに、近年の二本の映画の舞台になっている。

町の高校に通う二人の女の子（榮倉奈々と谷村美月）を描いた思春期映画、豊島ミホ原作、岩田ユキ監督の『檸檬《れもん》のころ』（二〇〇七年）。

榮倉奈々演じる女の子は、最後、高校を卒業し、東京の大学に入学する烏山駅から列車に乗って出発する。それを男の子が見送る。烏山線が登場したはじめての映画ではないか。

もう一本は、塚本連平監督の青春コメディ『ぼくたちと駐在さんの700日戦争』（二〇〇八年）。田舎町の高校生の悪童たち（市原隼人ら）が、町に新しくやってきた駐在さん（佐々木蔵之介）に次々に愉快ないたずらを仕掛けてゆく。

ローカル色豊かで、時代設定は、子どもたちのあいだでインベーダー・ゲームが大流行した一九七九年。三十年ほど前の話を烏山でロケしたのは、この町の風景が昔も今もさほど変わっていないからだろう。

映画のなかで、駐在さんの妹が東京から遊びに来て、烏山駅に降り立つ。ビデオで見直してみると、まだ以前の木造駅舎なのが懐かしい。

町を歩いていると、瓦屋根の酒蔵がある。「東力士」という酒を造っている。島崎酒造といい、嘉永二年（一八四九）の創業。以前、東京の町でいい町は、豆腐屋、銭湯、古本屋の三つがあることで、これを「町の三点セット」と呼んだ。地方のいい町の「三点セット」は、鉄道の駅と水田と、そして酒蔵。店に入って、一杯、飲ませてもらった。

店を出ると、目の前の横町に昔ながらの本屋がある。いまどき、よくこんな本屋がと驚くほど小さな個人商店。マンガ本と雑誌が主。『檸檬のころ』や『ぼくたちと駐在さんの700日戦争』に出てくる町の高校生がお客なのだろう。

気のよさそうなおかみさんに、ロケ地を訪ねようと持ってきた『檸檬のころ』のプログラムを見せると、おかみさんはたちまち笑顔になった。

「そう、この映画、うちの前でロケしたのよ。店でも撮影して、お父さんが出たんで、宇都宮の映画館に見に行ったんだけど、その場面カットされてるの。がっかりよ」

なるほど、プログラムを見ると、撮影協力のクレジットに、きちんとこのM書店の名がある。カットされたとはいえ、おかみさんにはいい思い出だったようだ。「うちの前を、女の子が自転車で走る場面があるのよ」。小さな映画が、小さな町で大事に記憶されている。

さらに町を歩いていて、驚くことがあった。

市役所（といっても二階建ての小さな建物だが）の近くに、昭和三十年代まで東京でもよく見られた平屋の和風住宅がある。懐かしい。人は住んでいないようだが、表札を見ると「江口渙《えぐちかん》」とある。

あの、プロレタリア文学者の江口渙（一八八七―一九七五）か。戦前、治安維持法で逮捕されたこともある。小説、評論、児童文学で活躍した。夏目漱石論や芥川龍之介論を読んだ記憶がある。

近年、ほとんどその名前を忘れていたが、こんなところで思いがけず出会うとは。帰ってから手元の『日本近代文学大事典』（講談社、一九八四年）で「江口渙」の項目を見ると、「父は栃木県烏山町出身で森鷗外と東大医学部同期生の軍医で『雁』のモデルの一人」とあった。小さな町からも文学者が出ている。

五月の終わり、山形市在住の文芸評論家、池上冬樹さんに呼ばれ、池上さんの主宰する作家を育てる文学教室で話をした。五年ほど前にも呼ばれ、二度目になる。山形市は盛岡市と並んで好きな町。人口三十万人弱で、似ている。

池上冬樹さんは信頼する評論家の一人。『ホテルローヤル』（集英社、二〇一三年）で直木賞を受賞した桜木紫乃を、第一作『氷平線』（文藝春秋、二〇〇七年）で真っ先に評価したのは池上さんだった。

池上さんの文学教室は十年以上続いていてプロの作家が何人も育っているという。

山形県は文学者を輩出している。

斎藤茂吉をはじめ、児童文学者の浜田広介、歌人の結城《ゆうき》哀草果《あいそうか》、近年では、藤沢周平、丸谷才一、そして井上ひさしら。

池上さんの活動は、この山形県の文学の流れを確実に受け継いでいる。

一説に、山形県出身の文学者が多いのは、戊辰戦争で、当時の庄内藩、米沢藩、山形藩が幕府側について敗れたため、維新後、敗者として出世が閉ざされ、才能が文学界に流れたという。文学が挫折から生まれることを思えば、この説にも一理ある。ちなみに、秋田県は官軍につき勝者になったためか、ほとんど文学者が出ていない。

一九四四年生まれの写真家、北井一夫さんの写真集『流れ雲旅』(ワイズ出版)は、一九七〇年に、北井さんが漫画家のつげ義春さんと日本の「僻地」を旅したときの記録。四十年以上前の写真だが、モノクロのフィルムで撮られた作品は、いま見ても新鮮。

一九七一年に朝日ソノラマから出版された、つげさんの絵と北井さんの写真による『つげ義春流れ雲旅』の姉妹篇になる。旅先は、下北半島、秋田県泥湯温泉、福島県檜枝岐《ひのえまた》村、国東《くにさき》半島、高知県室戸、長野県高遠《たかとお》、津軽半島など。

漁村、湯治場、農村など、ひなびた村や町が多い。藁屋根が残っている。村歌舞伎が行われている。おかっぱの女の子が遊んでいる。

「僻地」の写真というと、この貧しい現実を見よ、という社会派ドキュメンタリーになったり、ここに日本人の暮らしの原点があると肩肘張った学問的なものになったりするのだが、北井さんの写真は、「僻地」に普通の人の、普通の暮らしを見ている。

平穏で静逸な風景、人物がとらえられる。なによりも大人も子供も、笑顔を見せているのが好ましい。まるで、日なたぼっこを楽しんでいるかのよう。北井さんの向けるカメラにとびきりの笑顔を見せる。ちょっと、おすまししたりする。だから、実は、ほとんど「僻地」を感じさせない。
ボックスシートに膝を屈して座り、煙草を吸うつげ義春さんが穏やかな表情を見せているのも、この旅を楽しんでいるからだろう。

（「東京人」二〇一六年八月号）

福島でオオカミと出会う。

福島にオオカミを見に行った。

福島県立美術館で「よみがえるオオカミ展」が開かれている。そのことを、いわき市の安竜昌弘《ありゅうまさひろ》さんが発行している隔週の新聞「日々の新聞」（六月十五日号）で知った。

福島県の飯舘村《いいたて》に山津見《やまつみ》神社という永承六年（一〇五一）創建の神社がある。ここは、オオカミ信仰の神社で、天井にオオカミの絵が描かれていることで知られるという。明治時代に、相馬出身の伏見東州という画家らによって制作された。そのオオカミの天井絵の数は、二百三十七枚にもおよぶ。

オオカミに興味を持ったのは、小倉美恵子『オオカミの護符』（新潮社、二〇一一年）を読んで。小倉さんの実家は、田園都市線沿線の川崎市宮前区土橋《つちはし》。現在は住宅地になってしまったが、昭和三十年代までは農村だった。とくにタケノコの名産地だった。

小倉さんの実家は農家。あるとき、古い土蔵の扉に一枚の護符が張られているのに気づく。動物が描かれている。母親はそれが「オイヌさま」で「百姓の神様」だと教えてくれる。

護符に興味を持った小倉さんは、それがどこから来たかを調べてゆく。土橋は多摩川沿いにある。川をさかのぼってゆくと、秩父山地につながる。御岳山《みたけ》には、武蔵御嶽《むさしみたけ》神社というオオカミ信仰の神社がある。実家の土蔵に貼られていた護符は、秩父のオオカミ信仰から生まれていたことがわかってくる。

「オイヌさま」とは、いまや絶滅してしまったニホンオオカミだった。オオカミは、畑を荒らすイノシシやシカから畑を守ってくれる。「百姓の神様」になった。


福島県飯舘村の神社の天井絵は、こうした関東から東北へとつながるオオカミ信仰によって生まれたのだろう。オオカミが関東と東北をつないだ。

この貴重な文化財であるオオカミの天井絵が、二〇一三年に火事によって焼失してしまった。ところが幸いなことに、オオカミ信仰の研究者たちが、天井絵を細かいところまで写真に撮っていた。その写真をもとに天井絵復元のプロジェクトが立ち上がり、東京藝術大学の先生や生徒たちが協力して、今年の三月に完成した。

「よみがえるオオカミ展」は、その復元された天井絵の展覧会。素晴しい企画。一枚一枚の絵は三、四〇センチ四方の板に描かれている。

何よりも、描かれたオオカミが愛らしい。川辺で遊んでいる。親子仲良く戯れている。月に向かって吠えている。りんどうの花に包まれて眠っている。怖いオオカミではなく、あくまでも優しく、穏やか。このことに驚いた。山里の人にとっては、オオカミは身近な親しい存在だったのだろう。オオカミの目が青で描かれているのは神秘的で、これはやはり信仰の対象だからだろうか。

天井絵だから本来は仰ぎ見る。

それで思い出す映画が、橋口亮輔監督の『ぐるりのこと。』(二〇〇八年)。子どものいない夫婦(リリー・フランキー、木村多江)の物語。

妻は、赤ん坊を亡くしてから、精神が弱ってくる。なんとか立ち直ろうと、画家である妻は、ある寺の天井絵の仕事を引受ける。たくさんの花を描く。完成したとき、夫と二人で寺に行き、床に寝そべり、仰向けになって天井絵を見る。二人ともいつのまにか、心穏やかになっている。

この寺は、新宿区の抜弁天《ぬけべんてん》に近い観音庵という尼寺。映画がよかったので、そのあと、寺を訪れ、映画のなかで使われた天井絵を見せてもらった。実際に絵を描いたのは画家、山中桃子さん。亡き作家、立松和平さんのお嬢さんである。

「よみがえるオオカミ展」の復元されたオオカミの絵は、展覧会のあと、再建された飯舘村の山津見神社に飾られるという。

天井絵を見上げてみたいが、当分はできない。飯舘村は、東京電力福島第一原発の事故のあと、いまだに全村避難を余儀なくされているから。

福島市の福島県立美術館は、信夫山《しのぶやま》という丘陵のような山を背にしている。緑が美しい。

美術館に置いてあったパンフレットで、近くに古関裕而《こせきゆうじ》記念館があることを知る。

戦前の「暁に祈る」「露営の歌」、戦後の「とんがり帽子」「長崎の鐘」などの作曲家。阪神タイガースの応援歌「六甲颪《おろし》」や、怪獣映画『モスラ』の主題歌も作曲している。私などの世代には忘れられない作曲家(一九〇九—八九)。

地図を見ると、美術館から歩いてゆける距離にある。

信夫山の山裾を、阿武隈川のほうに向かって歩く。子どものころ、信夫山という相撲取りがいた。両差しを得意とした。この人はしこなからいっておそらく福島県の出身だろう。

山裾の道は整備され、遊歩道になっている。側溝を清流が流れている。気分よく歩いていたら「クマに注意」の標示があるのに驚く。こんな町なかにクマが出るのか。念のため「六甲颪」を歌いながら歩く。幸い、歩いている人は少ないので、恥しい思いはしない。

古関裕而記念館は二階建てのしゃれた建物だった。外から見ると塔のある洋館。

〽緑の丘の赤い屋根、とんがり帽子の時計台……。私などの世代には忘れられない終戦後の人気ラジオ番組、施設で暮す戦災孤児たちを主人公にした「鐘の鳴る丘」の主題歌からイメージされている。

この歌の歌詞は菊田一夫。古関裕而は戦後、菊田一夫との仕事が増える。森光子が林芙美子を演じた、菊田一夫作の『放浪記』の音楽も古関裕而と知った。

記念館は一階がサロンになっていて、ビデオで古関メロディを聴くことができる。久しぶりに聴く「とんがり帽子」の〽父さん母さんいないけど　丘のあの窓おいらの家よ、に思わずじんとくる。

古関裕而は明治四十二年（一九〇九）に、福島市に生れている。実家は目抜き通りにあった老舗の呉服屋。信夫山を眺め、阿武隈川で遊びながら育った。

手元にある菊池清磨『評伝　古関裕而』（彩流社、二〇一二年）には、古関の子ども時代の福島市の様子がこう書かれている。

「市内にはモダンな軽便鉄道が走り、大正中期の古き良き時代と近代と伝統が程良く調和した地方都市の風景だった。都市のモダンと地方の日本情緒の融合は、古関の感性を育んだといえよう」

二階の展示室には、書斎が再現されていた。さほど広くはない和室だが、面白いのは和机が三つ置かれていること。売れっ子作曲家は、同時に三曲作ることもあり、そういうときには、三つの机を使い分けたのだという。


福島駅に戻る。

駅前の広場には、古関裕而の、ピアノに向かって作曲をしている姿の像がある。

夕方。福島に来たら入る店は決まっている。駅前にある昔ながらのUという居酒屋。駅前はどこもチェーン店だらけになっているなか、福島駅の駅前には古い、気の置けない居酒屋が健在なのは有難い。カウンターがあるから一人でも入りやすい。この日は開店早々で、私が最初の客だった。一人しかいないカウンターで飲む、その日最初のビールがうまい。


府中市美術館に「立石鐵臣《てつおみ》展」を見に行く。

恥しいことに、この画家のことを知らなかった。副題に「麗しき故郷『台湾』に捧ぐ」とあるように、台湾を愛した画家（一九〇五―八〇）。

台北生まれ。いわゆる「湾生」。父親は台湾総督府の事務官をしていたという。子ども時代を台北で過し、その後、日本に住むようになっても「望郷」の思いやまず、三十八歳から四十三歳までに三度渡台し、都合十一年間台湾に滞在したという（森美根子「立石鐵臣　その生涯と芸術」、『立石鐵臣展　生誕一一〇周年』図録、二〇一五年、泰明画廊）。

台湾を愛し「半分は日本人で、半分は台湾人」と語っていたという。

花や昆虫の絵、童話の挿絵、ダリを思わせるようなシュールレアリスティックな絵。さまざまな作品がカラフルに展示され、温室に入ったような気分になる。

近年、台湾に惹かれている人間として、やはり台湾の人と暮しを描いた一連の作品（スケッチと文から成る『台湾画冊』）が印象に残る。

川辺のレンガの家では、おかみさんが川で洗濯をしている。向き合う家と家のあいだに竹竿が渡してあり、そこに洗濯物が干してある。竹の揺籃では赤ん坊が眠っている。夫婦喧嘩のユーモラスな絵もある。

台南の海辺、当時もう海が泥に埋められ廃港になっていた安平《アンピン》を描いた絵もあり、その絵には佐藤春夫『女誡扇綺譚《じょかいせんきたん》』の舞台になったところ、と説明が添えられている。

感動したのは、敗戦後の昭和二十三年十二月に、基隆港から引揚船で日本に帰るときの絵。「吾愛台湾！」と題されている。

統治していた日本人が、敗戦によって日本に帰る。このとき、なんと港には大勢の台湾人が見送りに来ている。絵にはこんな文章が付けられている。

「キールンノ波止場ヲウメツクシテ台湾人ノ見送リナリ。船ガ動キ出スヤ波止場ヨリ日本語ノ蛍ノ光ノ大合唱オコル。日本語ハ当時大ッピラニハ使エナイ事情ニアッタ。カマウモノカノ表情デ心行クマデ歌ウ様子。ランチ二ソウ、ワガ船ヲ追イ、波止場ヲカナリ離レルヤ、日章旗ヲ出シテ振ル」

立石鐵臣が、台湾の人たちに愛されていたことがうかがえる。新しい「支配者」となった外省人への抵抗の思いもあっただろう。

Bunkamuraオーチャードホールに、年二回行われる「小山実稚恵の世界」を聴きにゆく。今年でもう十一年目になる。

ブラームスの「ヘンデルの主題による変奏曲とフーガ」とベートーヴェンのピアノソナタ「ハンマークラヴィーア」もさることながら、アンコールのシューベルトの「即興曲」にうっとり。小山実稚恵さんはアンコールで、いつも次回弾く作曲家の曲を予告篇のように弾いてくれる。これが楽しみになっている。

気がつくと、会場には回を追うごとにシニアの男性客が多くなっているようだ。一度でも、小山さんの演奏を聴いたら好きになる。

（「東京人」二〇一六年九月号）

浅草の懐かしショウに拍手する。

年甲斐もなく、若い女性たちを中心にしたグループのショウに盛り上がってしまった。

浅草の小さな劇場で行われた「虎姫一座」の歌と踊りのショウ。

作家の諸田玲子さんに誘われた。食事をしながらショウを見る。はじめは、キャバレーみたいなところかとひるんだ。

しかし、諸田さんは「絶対に面白いから」とすすめる。すでに二回見ていて、大ファンになったという。

最近、『新宿物語'70』（光文社）という、あの時代の熱い新宿を描いた、抜群に面白い小説を書いた高部務さんも誘っている、「だからぜひ一緒に」と諸田さんは早くも盛り上がっている。

諸田さんの熱心さに押されて浅草に行った。

これが、シニア世代の心を熱くさせる、実に可愛くういういしいショウだった。

浅草六区のビルのなかに小さな劇場がある。レストランにもなっている。いわばレストラン・シアター。ワンフロアでさほど広くない。客はわれわれを入れて五十人ほどか。シニアが多い。夫婦も見かける。諸田さんは「見るのなら絶対に一番前よ」と舞台にいちばん近いテーブル席を取ってくれる。かぶりつき。

はじめに食事をする。これが浅草らしく「下町の洋食の味」。気取っていなくておいしい。スパゲッティ・ミートソースなど懐かしい味がする。

さらに面白いのは、ウェイトレスの一人一人が一座のメンバーであること。料理作りにも関わるし、バーテンダーにもなる。観客はビールを飲み、食事をしながら、自然にショウに参加している気分になってくる。

店内はキャバクラのような派手さはまるでない。高校の文化祭のような手作り感がある。食事の時間が終わり、いよいよショウタイムになる。

舞台も広くない。さっきまでウェイトレスやバーテンダーをしていた若者たちが、舞台衣裳に早変りして、歌い踊り始める。

曲は一九六〇年代のテレビ番組で歌われた懐かしのポップス。映画音楽も入る。この一座は六年前に結成されたが、懐かしのメロディを中心に歌っているという。なるほど、それで客席にシニアが多いのか。

はじめのうちは、どうなるのか心配だったが、『ウエストサイド物語』の「クール」が始まる頃から、次第に舞台に惹き込まれてしまう。

何よりも、自分たちが知っている曲、それも若い頃の歌ばかりだから、入り込みやすい。メンバーは、ほとんど二十代だろう。無論、六〇年代には生まれてもいなかった。

その若い女性たちが「上を向いて歩こう」や「情熱の花」を歌う。彼女たちに導かれて青春時代に戻ったような気分になる。

「懐かしさ」がこの一座のテーマになっている。だから新宿でも渋谷でもなく、浅草をホームグラウンドにしているし、食事も懐かしい「下町の洋食の味」なのかと納得する。ポップスの合間には、民謡が入る。男の子二人による和太鼓もある。このあたりは浅草ならではだろう。

何よりも女の子たちに清潔感があり、可愛い。身近で見ているせいもあって、一生懸命さが伝わってくる。クレイジー・キャッツの歌を歌うときには男装する。それがまた可愛い。

懐かしい歌を歌うのだから、衣裳、化粧も現代のけばけばしさはない。いまから見れば、大人しい昭和のメイクにしている。ザ・ピーナッツの歌を歌うのに、清潔感がないとおかしい。どこか当時のスクールメイツを思い出させたりもする。

舞台と観客に自然に一体感が生まれ、「幼なじみ」のときなど、われわれも一緒に〽幼なじみの思い出は……と歌っている。歌っているうちに不覚にも涙が出てしまった。

テレビが輝いたあの時代に活躍した青島幸男も野坂昭如も永六輔も、ザ・ピーナッツも、もういない。

ショウの最後にはメンバーが一人一人、自己紹介する。「虎姫一座」に入る前には学校の体育の先生をしていました、という女性には思わず大きく拍手してしまう。なんだか娘や孫のような気がしてくる。

一座の手作り感を見ていると、一九八〇年代の小劇場の熱気を思い出す。そういえば、浅草のこの劇場は、八〇年代の下北沢のザ・スズナリや新宿のタイニイアリスに似ている。

ショウが終わるとまた食事タイム。さっきまで舞台で歌って踊っていたメンバーが疲れも見せずに、もとのウェイトレスに早変り。なんだか家族の団欒のような温かい空気に包まれる。店閉まいが早いのもシニアには有難い。

昭和のはじめ、若き日の川端康成が通いつめたカジノ・フォーリーも、こんな雰囲気だったのかもしれない。あれから何十年もたっているが、浅草にはいまもこういう温かい地霊が残っているのだろう。

帰る頃には、私も高部務さん（一九五〇年生まれ）もすっかり幸せな気分になっていた。諸田玲子さん、いいところに誘ってくれて有難うございました。


旅の雑誌の仕事で、釜石線（花巻―釜石間）を走る観光列車、SL銀河に乗りに行った。

釜石に泊った。

この鉄の町は、3・11で大きな被害を受けたが、徐々に復興している。二〇一四年には、釜石と盛《さかり》を結ぶ三陸鉄道南リアス線が復旧再開したたし、JRの山田線も復活に向けての工事が始まった。

泊ったホテルは釜石駅に接して昨年、開業した。町の人にとって、ホテルが新しくできるのは、うれしいことではないか。他所から人が訪れるということなのだから。

それでも、市内には何ヵ所か仮設商店街があった。五年たってもまだ、仮設で商売をしなければならない。しかも、期限があり、いずれは出て行かなければならない。

決して明るい話ばかりではなかった。

編集者のMさんと、カメラマンの田村邦男さんと、仮設商店街の居酒屋（とてもいい店だった）で飲んだあと、一人で、夜の寂しい町を歩いた。

釜石にはじめて行ったのは、一九六九年。「週刊朝日」の新米記者として、折から八幡製鐵と富士製鐵の合併で揺れる「鉄の町」を取材した。

まだ新幹線のなかった時代だから、朝早く東京を出て、釜石に着いたのは夜だった。このとき、釜石線の魅力を知った。もともとは岩手軽便鉄道。宮沢賢治『銀河鉄道の夜』のモデルとして知られる。

取材以来、何度か釜石線に乗った。陸中大橋のあたりの大ループはいつ見ても息をのむ。途中の遠野にも何度か行った。3・11のあとは「朝日新聞」の取材で釜石を歩いた。最近では、本コラムでも書いたが、二〇一三年に沿線の土沢にある萬《よろず》鉄五郎記念美術館に行った。

夜の釜石の町を歩いていて、少しく感動したことがあった。

坂の上に釜石小学校がある。少年時代を釜石で過ごした井上ひさしが、この学校の校歌を作詞したことで知られる(作曲は宇野誠一郎)。それで興味を覚えて、坂を上がったのだが、校門の前の植え込みに何か、碑がある。

暗がりのなか、携帯電話のライトで見てみると、なんと林芙美子の文学碑ではないか。なぜ、釜石に林芙美子の文学碑が。

碑文を読んで納得した。

林芙美子は、昭和十三年(一九三八)に、「朝日新聞」に連載小説「波濤」を書くために釜石を訪れている。

小説のなかで、戦時下を生きる主人公が釜石の製鉄所で働くことになる。林芙美子はその取材のために釜石を訪れた。

小説にはこうある。

「釜石は昭和十二年五月五日に市制をしかれ、新しい『市』になったところで、この戦時下にますます発展している町になっていた。明治の初年に鉱山が国営となってから、海路もとみに開けて、今日の発展までには、この釜石は三陸海岸の主要な港であり、此頃はさかんに外国船も港にはいって来ているようである」

鉄の町として栄えたから、戦時中、釜石は米軍の艦砲射撃を受け、多くの犠牲者を出した。夜の町を歩いていたら、町角に小さな慰霊の祠があった。

3・11といい戦禍といい、釜石は多くの死者を出した。夜のひっそりとした町を歩いていると、粛然とした気持ちになる。


釜石には、いまはなくなったが、橋上市場《きょうじょういちば》という日本で唯一の橋の上のマーケットがあった。市の中心部を流れる甲子川《かつし》に架かる橋の上に、戦後、いくつもの露店が並んだ。魚や野菜、日用雑貨、食堂など約五十軒が並んだ。一九六九年にはじめて釜石に行ったとき、この橋上市場に惹かれた。その後、釜石に行くと、ここに立ち寄ったものだった。

その後、橋の上では危ないということからだろうか、撤去され二〇〇三年、駅前に二階建ての「サン・フィッシュ釜石」に生まれ変わった。

この橋上市場は、当時の鈴木東民《とうみん》市長が、苦労している戦争未亡人の暮しを考えてつくったというのが泣かせる。


釜石に入る前に、盛岡に立ち寄った。好きな町だから、岩手県に行って盛岡に寄らないことはない。まずは、盛岡入りの儀式のように駅ビル地下にある回転寿司の清次郎に寄る。幸せになる。

わがミューズ、ピアニストの小山実稚恵さんは、高校時代をたしか、盛岡で過ごしている。そのために、3・11のあと、東北で積極的にコンサートを開いている。小山さんの人柄を感じさせる。

タクシーのなかで、編集者のMさんとカメラマンの田村邦男さんに、そんな話をしていたら、運転手が振向いていった。

「あっ、この右手が小山実稚恵さんが通っていた学校があったところです」

運転手さんも、小山実稚恵のファンだったたか。


（「東京人」二〇一六年十月号）

久しぶりの銚子。

久しぶりに銚子に行った。

以前は海を見たくなるとよく銚子に行った。湘南の海はハイカラ過ぎる。それに比べて房総の海は、まだ魚くさい良さがある。ローカル私鉄、銚子電気鉄道（銚電）に乗り、終点の漁師町、外川《とかわ》まで行く。そこから坂を下って海を眺めた。

しかし、3・11の惨劇のあと、穏やかな気持で海を見られなくなり、しばらく足が遠のいてしまった。夏の終わり、久しぶりに銚子の海を見たくなった。

銚子駅とその周辺は、以前とほとんど変わっていなかった。高い建物は少なく空は広い。

東京オリンピックのあと、利根川沿いを旅した安岡章太郎は、銚子にたどり着いたとき、「外海に面したこの町の空気の明るさのせいであるのか、漁港であり観光地である町の性格がそうなのか、とにかく、ここへ来てはじめてパッと眼の前のひらけたような気分になった」と書いている（『利根川』、朝日新聞社、一九六六年）。確かにここに来ると気持が明るくなる。

銚子駅（総武本線）の駅舎は、昭和二十三年に建てられた平屋のものが、いまだに使われている（三代目）。戦後、近くにあった航空隊の兵舎が移築された。こういう小さな駅舎はほっとする。

駅前に新しく文学碑が建てられていた。

国木田独歩のもの。独歩は銚子の生まれで、東京に出て作家となってからも、しばしば銚子を訪れた。『武蔵野』（明治三十四年）を発表したあと、明治三十八年には、病気静養のため、犬吠埼の灯台の見える、画家や文士に愛された旅館、暁雞館《ぎょうけいかん》に滞在している。文学碑には「病牀録」の詩が刻まれている。碑の裏側にはドナルド・キーンによる英訳が彫られている。

「夏の波は高く　冬の波は低し　土用七月の波　これを　犬吠岬に見る　その壮観　未だ忘るゝ能はず」

この文学碑は二〇〇八年六月に建てられている。3・11のあと、この詩を読むと、海の豊かさと同時に怖さを思わざるを得ない。

銚子電鉄に乗る。二両の車両。平日だが、観光客、鉄道ファンで混んでいる。このローカル鉄道は、常時、経営危機にさらされていて、そのつど、醬油の町を生かした「ぬれ煎餅」の販売や、サポーターの支援で持ちこたえてきた。

現在も苦しい経営は続いているようで、銚子の次の駅、仲ノ町《なかちょう》駅の駅舎は創業時（大正十二年）のままの木造平屋で、あまりに古ぼけてしまったので、最近、利用者が改築のための募金活動を始めている。

銚電のローカル私鉄らしい良さのひとつは、車内のポスターが手書きだったことだが、残念ながら、久しぶりに乗ったら、これがなくなり、普通の印刷ポスターになっていた。

また、駅名にネーミング・ライツを取り入れたためだろう、企業名や観光名所が入っていた。企業努力として仕方がないことだろう。

終点の外川の駅は、まったく変っていなかった。相変らず、掘立小屋のような木造駅舎。東武鉄道の堀切駅が小津安二郎監督『東京物語』（一九五三年）当時のままいまも健在なのと似ている。ここも大正十二年当時と同じだろう。

外川は、漁師町。駅は高台にあり、そこから坂を下ると漁港がある。途中の坂に、瓦屋根の家が並ぶ。房総ならではの風景。

以前、房総半島の旅の本『火の見櫓の上の海　東京から房総へ』（NTT出版、一九九五年）という本を出したが、この書名は、外川の町の風景から取った。坂を下った先に海が広がっているから、家々の瓦屋根の上に、さらに火の見櫓の上に海がある。画家の谷内六郎の言葉である。

外川の町も変っていない。

坂道に漁師の家が並ぶ。瓦屋根の先に海が見える。小さな船溜まりのような漁港がある。漁師町らしく、通りのあちこちに猫がいる。

変ったといえば、千葉科学大学という大学の建物が丘の上に見えること、海の上に、風力発電の風車が見えることぐらいだろうか。

外川に行くと、必ず立寄った、漁港の前にある食堂も健在だった。私と同い年ぐらいのおかみさんが切り回している。

ビールを飲む。といっても小さな店なので生ビールも瓶ビールもなく、缶ビール。つまみになるようなものもない。おかみさんは、ちょうど、焼きそばで昼食中。「悪いね、私ばかり、食べて」。

「外川はいつ来ても変らないのが、いいですね」と言ったら、おかみさんは、「それがそうでもないのよ。やはり寂しくなっちゃってね。いちばん困るのは、店がなくなること。スーパーもなくなって、牛乳一本買うのも大変」。

日本各地で見られる過疎化が、東京に近い町でも進行している。

おかみさんは銚電で銚子に買い物に行くが、「その銚子でも店が閉まるところが多いし、この店から外川の駅に行くまでだって、坂があるから大変だし」。

外川はいい漁師町だというのは、たまに東京から来る人間の、のんきな言い分かもしれない。

3・11のときは、この町にも津波が来た。おかみさんは、その日を思い出して言う。

「この町で生まれ育って七十年になるけど、あんな体験は、はじめて。東北ほどではないけど、ここにも津波が来た。海が黒くなったのよ。何が起きたのかわからなかったくらい。みんなが『津波だ』というので、あわてて、高台に逃げた」

幸い外川の町に犠牲者は出なかったが、店は津波で水びたしになったという。やはり、外川も3・11の被害を受けていたか。

黄瀛という中国の詩人（一九〇六―二〇〇五）がいる。難読名だが「こうえい」と読む。日本では広く知られていない。私自身、恥しいことに知らなかった。

七月に旅の雑誌の仕事で宮沢賢治の故郷、岩手県の花巻に出かけた。このとき、イーハトーブ館で「黄瀛展」が開かれていて、それを見て、初めてこの詩人のことを知った。

父親は中国人、母親は日本人。父親を早く亡くし、母親の故郷、千葉県の八日市場で育った。東京に出て文化学院で学んだ。若い頃から詩を書き、詩壇で認められた。

宮沢賢治と手紙を通じて詩を語り合うようになった。詩友である。賢治より十歳年下で、死の直前の賢治を花巻に見舞っている。

日中戦争が始まる頃、中国に戻り、妹の結婚相手が蔣介石の側近だったことから、自身も国民党軍に入った。そのため、共産中国の時代には不遇。消息不明になったこともある。文化大革命時には入獄した。

波乱の生涯である。

この黄瀛の詩碑が二〇〇〇年に銚子に建てられた。八日市場で育った若き日、何度か銚子に来ている縁からだろう。

銚子駅から歩いて十五分くらいの新生《あらおい》町中央みどり公園にある。中国産の御影石に、

「風ノ大キナウナリト利根川ノ川波
潮クサイ君ト僕ノ目前ニ荒涼タル阪《ママ》東太郎横タハル」

と刻まれている（「銚子ニテ」）。

最近出版された佐藤竜一『宮沢賢治の詩友　黄瀛の生涯――日本と中国 二つの祖国を生きて』（コールサック社）によれば、黄瀛は交友が広く、井伏鱒二、奥野信太郎、木山捷平、サトウハチロー、南條範夫らと親しかった。

林芙美子の『放浪記』が昭和五年に改造社から出版されたとき、その出版記念会にも出席しているという。

戦時中、反戦色の強い記録映画『戦ふ兵隊』を作った反骨の監督、亀井文夫とは、若い頃に一緒

に暮したことがある。また高村光太郎の駒込のアトリエをしばしば訪れた。光太郎は彫刻家として「黄瀛の首」と題した胸像を作っている。この像は戦災で焼失したが、土門拳が撮影した写真が残っている。戦後、国民党の軍人だった黄瀛は、一時、身柄を拘束されていた李香蘭(山口淑子)を助けている。

中央みどり公園の詩碑は、『黄瀛の生涯』の著書、佐藤竜一さんの縁で、銚子の文学愛好家たちの手によって、二〇〇〇年に作られた。当時、この波乱の人生を送った詩人は九十三歳で元気だったという。二〇〇五年、数えの百歳で死去した。

銚子には国木田独歩をはじめ、佐藤春夫、竹久夢二、小川芋銭らの文学碑があるが、こういう異色の詩人とも縁があったか。

行きは鉄道で行ったが、帰りはバスに乗った。東京駅まで一時間に二本あり、鉄道より便がいい。しかも途中、ずっと利根川(坂東太郎)に沿って走る。土手の上から広々とした川のパノラマが眺められる。これは思いもかけない楽しさだった。

九月はじめNHKホールに、パーヴォ・ヤルヴィ指揮、NHK交響楽団のマーラーの交響曲第八番「一千人の交響曲」を聴きにゆく。

パーヴォ・ヤルヴィは昨年、N響の常任指揮者に就任した。現在、世界でも名指揮者に数えられる、このエストニア出身のマエストロを常任指揮者に迎えることができたのは、それだけN響の力が世界に認められたのだろう。

ヤルヴィの演奏を生で聴くのは、二〇一三年十一月に武蔵野市民文化会館で、ドイツ、カンマー・フィルによるベートーヴェンの第三番「英雄」と交響曲第四番を聴いて以来。

ヤルヴィの指揮は、よくいえば力強いが、悪くいえば、せかせかと忙しい。しかし、この夜のマーラーは、敬虔な曲だけに、落着いて神々しい。ヤルヴィらしくない。そこがこの曲には合っていたように思う。

文字どおり、独唱、合唱を加えた大人数による演奏で、教会の大伽藍のなかにいるよう。とくに児童合唱団の歌声が心に響いた。

二〇一三年の七月、三陸を旅したとき、岩手県の岩泉町に立寄った。土砂崩壊のために不通のままになっているローカル鉄道、岩泉線（茂市―岩泉）の駅舎を見に行き、そのことを本コラムで書いた。

八月、その岩泉町が台風の被害を受け、高齢者の施設が濁流に襲われ、入居者に多くの死者が出た。あんなに穏やかな町で、と暗然とする。

（「東京人」二〇一六年十一月号）

紫波町で自転車を漕ぐ。

盛岡に行くとき、東北新幹線に乗る。

盛岡の手前に以前から気になる小さな町がある。高架を走る新幹線から見ると、北上川に沿って緑が広がっている。

東北新幹線の下りは、このあたりから在来線（東北本線）に接近し、盛岡までほぼ併走する。地図を見ると、この町は紫波町《しわちょう》とある。

所用で盛岡に行くことになった十月のはじめ、前日に紫波に立寄ることにした。駅は東北本線の日詰《ひづめ》駅。花巻と盛岡のあいだにある。明治二十三年の開設だから古い。盛岡駅の開業と同じ年になる。

東北新幹線で北上まで行き、在来線に乗り換え、宮沢賢治の故郷、花巻を経て、昼過ぎに日詰駅に着く。木造平屋の小さな駅（有人駅）。駅前に高い建物はない。商店が数軒あるくらい。秋晴れの日で、空が高く、気持がいい。

駅前に碑があった。「イーハトーブ」（岩手県）だけあって、宮沢賢治の歌が刻まれている。

「さくらばな　日詰の驛のさくらばな　かぜに高鳴り　こゝろみだれぬ」

この駅は賢治の歌に詠まれていたか。

旅から戻って調べると、賢治は大正三年に発疹チフスの疑いで盛岡市の病院に入院した。このとき、担当の看護婦に恋をした。森荘《そう》已池《いち》『宮沢賢治の肖像』（津軽書房、一九七四年）によれば、この看護婦が紫波郡日詰町の出身だった。賢治が、その初恋の女性に会いに日詰駅に降り立ったことから、駅前に碑が作られたようだ（ただ、賢治の初恋の女性については、異説もある）。

永井荷風の筆名「荷」（蓮《はす》の意）が、初恋の看護婦、お蓮《れん》から取られていることを思い出す（これについても異説があるが）。

荷風や賢治の時代は、まだ男女の交際は自由ではない。そのために、病気で入院したときに優しく接してくれる看護婦が初恋の人になった。

紫波町は『銭形平次捕物控』で知られる野村胡堂（一八八二―一九六三）の故郷。「あらえびす」の筆名でクラシックのレコード評も書いた。日本のクラシック音楽批評の草分けとされる。宮沢賢治もクラシック好きで、よくレコード・コンサートを主催した。有名なソフト帽にコート姿で野にたたずむ写真は、ベートーヴェンの真似をしたという。

タイプは違うが、岩手県出身の二人の文学者が共にクラシック音楽好きというのは興味深い。音楽といえば、また、紫波町は、童謡「たきび」（〽たきびだ　たきびだ　おちばたき……）の作詞者、巽聖歌《たつみせいか》の出身地でもある。これもあとで知った。

駅から、北上川を渡り、少し山裾に行ったところに「野村胡堂・あらえびす記念館」がある。歩くには少し距離があるが、タクシーに乗るほどでもない。

幸い、駅前に観光案内所があり、「自転車貸します」とある。

しかし、なかに入ると誰もいない。何度も訪いを入れると、ようやくお婆さんが「耳が遠いもので」と恐縮して現れ、自転車を貸し出してくれる。こちらのほうが恐縮してしまう。

自転車で北上川に架かる橋を渡ると、田園風景が広がる。秋の田は稲穂が垂れている。刈り入れはもうじきだろう。

十五分ほどで「野村胡堂・あらえびす記念館」に着く。古民家を模したコンクリートの立派な建物なのに驚く。胡堂は生前、東京杉並区の高井戸に住んだ。高齢者のための福祉医療施設、浴風会の近く。高井戸の隣りの浜田山に住んでいた頃、時折り、その家の前を散歩した。もう主は故人だったが、緑に囲まれた静かな邸宅だった。

地方出身の文学者はいい。地元がきちんと顕彰して文学館を作ってくれるから。東京は文学者が多過ぎて、個々の文学者の文学館は少ない。

「野村胡堂・あらえびす記念館」を見たあと、また自転車に乗り、日詰駅前に戻り、観光案内所で自転車を返す。お婆さんは、近所の人らしいお婆さんと二人でゆったりとお茶を飲んでいた。

愛読している詩人、井川博年さんの新しい詩集『夢去りぬ』(思潮社)のなかに、こんな詩(「いまいずこ」)がある。

「昔、おじいさん、というものがいた。」「昔、おばあさん、というものがいた。」「おじいさんとおばあさんの家には決まって、おじいさんの犬とおばあさんの猫がいた。」

「——みんなどこへ行ってしまったのだろう　おじいさんもおばあさんも　あんなにいた犬や猫たちも」

「――本当にみんなどこへ行ってしまったのだろう　いまは昔のことすべて」

日詰駅からまっすぐ盛岡駅に行こうと思ったが、隣りに紫波中央駅という駅があるのを知って、そこで降りてみる。

驚いた。駅舎は木で作られていて、真新しいのだ。駅にある説明書によると、一九九八年に地元の人の要望で開設されたという。いわゆる請願駅。町の人の募金によって二〇〇一年に、岩手県特有の曲家風の木造駅舎が建てられた。鉄道がまだ生きている！

駅が真新しいだけではない。駅前にはオガールプラザという、しゃれた官民複合施設（なかに図書館も）があり、その周辺には新しい住宅地が広がっている。狭いマンション暮しの東京の人間から見ると豪邸が並んでいる。地価が高くない地方には住宅問題などないのだろう。

「地方の衰退」がいわれる一方で、いま、地方のあちこちでこういう「新しい町」が出現していることに驚かされる。地方暮しを真剣に考えたくなるのは、こんなとき。本や資料、ＤＶＤやＣＤで物置と化したわが家が情けなくなる。

九月末、虎ノ門の台湾文化センターで、台湾文学の翻訳家、天野健太郎さんと話をする。日本統治時代の台湾を体験した三人の作家、台南の廃港、安平《アンピン》を舞台にした幻想小説『女誡扇綺譚《じょかいせんきたん》』を書いた佐藤春夫、戦時中、兵隊として台湾に滞在し、戦後、台湾を舞台にしたミステリ『応家の人々』を書いた日影丈吉《ひかげじょうきち》、それに台南生まれで、戦時中、東大に入学、戦後は台湾に戻り、独立運動に関わったため国民党に追われ、香港へ、さらに日本へと亡命した邱永漢《きゅうえいかん》について話す。

聞きに来ている人は、台湾が好きで、おそらくは私以上に何回も台湾に行っているだろう。初めは話しにくかったが、台湾のことに精通している天野健太郎さんが相手なので、次第に興が乗り、話しているうちにまた、台湾に行きたくなった。

後日、天野健太郎さんから手紙をいただいた。参加者の多くは、三人の作家のうちで、日影丈吉に関心を持ったという。このミステリ作家は、よく知られているし、昨年の秋には町田市民文学館ことばらんどで「日影丈吉と雑誌宝石の作家たち」展が開かれている。

しかし、日影丈吉と台湾の関連では、ほとんど語られていない。聞きに来てくれた若い人たちのなかから、その研究をしてくれる人が出てくると、うれしいのだが。

大ヒットしているアニメ映画、新海誠監督の『君の名は。』を見る。若い人のようにアニメをたくさん見ているわけではないが、この作品は素晴らしかった。

東京に暮す高校生の男の子と、田舎に暮すやはり高校生の女の子が、時折り、夢のなかで互いに入れ替わってしまう。山中恒原作、大林宣彦監督の『転校生』（一九八二年）を思わせる設定。入れ替わることで、遠く離れた東京と田舎町が関わり合ってゆく。

男の子が住む町は東京の四谷あたりと特定されているが、女の子の住む町は糸守町《いともりまち》と架空の町になっている。ちなみに男の子の家はマンション（二DKほど）。それに対して女の子の家は、古い大きな一戸建て。ここにも東京と地方の住宅事情の差が出ている。

糸守町は山に囲まれている。湖がある。何よりいいのは二時間に一本ほどとはいえ鉄道が走っていること。鉄道の駅を中心に町がある。懐しい日本の田舎町の原型。きちんと野良踏切もある。旅をしていちばん好きな町の風景。飛騨のどこからしいとわかってくる。新海監督は長野県佐久市の出身という。小海線沿線の風景も加わっているかもしれない。

この緑豊かな町は、彗星が落ちてくることで消滅してしまう。男の子や女の子たちが、なんとかそれを防ごうと懸命になる。

話題の『シン・ゴジラ』が「国を守る」話なのに対し、『君の名は。』は「小さな町を守る」。『シン・ゴジラ』では自衛隊が最新兵器でゴジラを攻撃したのに対し、『君の名は。』では高校生たちが自分の足で走り、自転車を漕ぎ、知恵を使い、なんとか町を守ろうとする。その小さな戦いにこそ共感する。

最後、数年たって、ある日、東京の町で二人は偶然、出会う。すれ違いざま、振返る。それまで会ったことがないのに、すれ違ったとたん、お互いに「あっ、この人だ」と直感する。

この瞬間は正直、感動的で思わず涙が出る。出会う場所は石段で、その向うは坂道になっている。どこかで見たことがある風景。クレジットを見ていると、撮影協力のところに須賀神社とある。そうか、四谷三丁目近くの須賀神社の前の石段だったか。

後日、確認のために地下鉄の四谷三丁目駅で降り、須賀神社（新宿区須賀町）に行ってみた。参道が石段になっている。

ここだとすぐにわかった。平日だというのに『君の名は。』を見た若者たちが、たくさん来ていて石段の写真を撮っていたから。

須賀神社の「表参道石段」というそうだ。

（「東京人」二〇一六年十二月号）

秋の一日、興津詣で。

このところ森鷗外を読んでいる。若い頃には読みにくかった鷗外の歴史小説が、面白いもので歳を取るとごく自然に読める。漢語を多用した引締まった文章が心地よい。

よく知られるように、鷗外は明治天皇の死と、そのあとを追った乃木大将夫妻の殉死に衝撃を受け、江戸時代の殉死した武士を主人公にした『興津《おきつ》弥五右衛門の遺書』を書いた。鷗外の最初の歴史小説であり、歴史に材を取った最初の近代小説とされる。

興津という名は駿河の国、興津の一族のこと。さらにもうひとつの歴史小説『佐橋甚五郎』には興津の古刹、清見寺が登場する。

慶長年間、朝鮮使節が日本に来て、駿府に隠居していた徳川家康に謁見した。このとき、一行は興津の清見寺を宿所とした。

鷗外の二つの歴史小説に登場する興津の町（現在、静岡市清水区）に興味を覚えた。行ったことはない。新幹線で熱海まで行き、熱海から東海道本線（在来線）に乗る。秋晴れで沼津あたりから薄く雪をかぶった富士山が見えてくる。

富士川を渡ると、左手に駿河湾が迫ってくる。蒲原《かんばら》、由比《ゆい》と、かつて東海道の宿場だった駅を過ぎると、次が興津駅（明治二十二年開設）。東海道の江戸から十七番目の宿になる。

駅（急行は停まらない）は小さな平屋。周囲にも高い建物はない。東海道線に沿って東海道（国道1号）が通る。道路の先はすぐ海。大正天皇は皇太子の頃、興津の海で海水浴を楽しんだという。明治の元老、西園寺公望は、目の前に海が広がり、遠くに三保の松原が見えるこの温暖な地を気に入り、大正九年に別荘、坐漁荘《ざぎょそう》を建てた。

駅から東海道を西へ歩く。大きな商店はないが、明治三十年創業という和菓子屋があったり、瓦屋根の家が並ぶ。宿場町の名残りがある。

詩人の堀口大學は、戦時中、この町に家族を連れて疎開した。当時、河出書房の編集者として堀口大學訳のサン＝テグジュペリ『南方郵便機』『夜間飛行』『人間の土地』を担当した野田宇太郎は回想記『灰の季節』（修道社、昭和三十三年）のなかで、昭和十九年六月、興津に堀口大學を訪ねたことを書いている。

「はじめて興津へゆく。東海道線で四時間と少し。大磯によく似た海辺の町。平時の別荘地だけにいかにもさびれてゐる。堀口大學さんを訪ねる。サン＝テグジュ・ペリの新訳の原稿を受け取って色々と雑談。二人で海岸を散歩し坐漁荘の下までゆく。清水港のあたりが見え、三保の松原とその突端の飛行場も見える。海の向ふに伊豆の山脈が高くながれてゐる」

戦時色の強まる東京に比べると別天地。この日、野田は堀口家の客となった。「すでに食料不足のはげしい東京に比べて、全く夢のような海の珍味が夕食の膳に並んで、私はまたびっくりした」。野田が「興津への旅は戦争も忘れるほどの久しぶりにたのしい旅であった」と書くのもうなずける。

この別天地も近くの清水市に大きな造船所があり、空襲にさらされる危険があるので、堀口大學はその後、父の郷里、新潟へ再疎開する。

実際、興津の町は昭和二十年七月六日に空襲に遭った。このとき、西園寺公望と並ぶ明治の元老、井上馨の別荘が焼けている。

東海道を歩く。思ったほど車は多くない。旧道の雰囲気。町はひっそりとしている。「水口屋ギャラリー」というのがある。街道に水口屋という江戸時代から続く旅館があった。昭和六十年に約四百年続いた店を閉じ、そのあと建物を保存し記念館になっている。

宿泊者名簿を見ると錚々たる名士の名がある。高松宮をはじめとする皇族、原敬、近衛文麿、吉田茂らの政治家。さらに夏目漱石、志賀直哉、女優の山田五十鈴の名もある。西園寺公望の別荘が建てられてから、東京の貴顕の知る町になったのだろう。

松本清張に『老公』という作品がある。昭和のはじめ、坐漁荘で起きた、秘められた事件（公の若い愛妾がひそかに別荘を抜け出し、愛人に会った）を探る物語。

坐漁荘には東京から多くの政治家が訪れた。「興津詣で」といわれた。だから、と清張は書いている。「（新聞）各社は坐漁荘があるために、清水に支局を設け、支局長を園公の動静偵察の専任とした」

現在は小さな、静かな町だが、歴史がある。

水口屋から歩いてすぐのところに坐漁荘がある。建物は明治村に移築され、その後レプリカが建てられている。豪邸かと思ったら意外にも、こぢんまりとした建物だった。隠宅だからなのだろう。庭のすぐ先はもう海。三保の松原が遠望出来る。かろうじて、野田宇太郎が書いている風景がいまも残っている。

坐漁荘のすぐ前あたりが清見寺。山裾にあり、石段をのぼってゆく。面白いのは山門と境内のあいだに東海道本線が走っていること。寺には跨線橋を渡ってゆく。無論、鉄道のほうがあとにできたから、こんな構造になってしまった。古刹のいわば玄関の前を鉄道が走っているのだから驚く。

清見寺は五百羅漢で知られる。島崎藤村の自伝的作品『桜の実の熟する時』（大正八年）に、これが登場する。

主人公、岸本捨吉（藤村自身）は明治学院を出たあと女学校の教壇に立つ。そこで教え子に魅かれてしまう。当時としては許されることではなく、捨吉は学校を辞め、旅に出る。

草鞋をはいて東海道を西へと下る。

「小高い眺望《ながめ》の好い位置にある寺院の境内が、遠く光る青い海が、石垣の下に見える街道風の人家の屋根が、彼の眼に映った。興津の清見寺だ」

捨吉は境内で五百羅漢を見る。生きた人間に見えてくる。あちこちに友人たちの顔がある。去ってきた東京の青春を思い浮かべる。

清見寺の前に、かつての漁師町らしく魚屋（出口魚店）が一軒あった。ひっそりとした町のなかで、そこだけ客が多い。車で来る客もいる。お目当ては、手づくりのはんぺんという。一個百円。買い求めて清見寺の石段に座って食べてみたが、なるほどおいしい。キスとハモでつくり、揚げている。関東でハモとは珍しい。

興津から清水まで約五キロを歩いた。

清水駅の周辺にはアーケード付きの商店街がある。どこかいい店があったら入ってビールを飲もうと思ったが、驚いたことにシャッター通りと化している。時間が早かったからか、休日なのかと思ったが、どうもそうではないらしい。清水のように大きな町でもそうなのかと驚いた。

バロック音楽が日本で親しまれるようになったのはいつ頃からだろうか。

昭和三十年代はクラシックといえばオーケストラの演奏による交響曲が主流だったと思う。一九六四年、大学一年生のときに、イ・ムジチのヴィヴァルディ『四季』のレコードを買ったのがバロックの初体験だった。このLPは当時、ベストセラーになっている。

昭和三十二年に公開された松竹映画、原田康子原作、五所平之助監督の『挽歌』では、久我美子演じる兵藤怜子がよく行く喫茶店で、ヘンデルの「調子の良い鍛冶屋」が流れる（この曲、最近の映画、西川美和監督の『永い言い訳』に使われていた）。昭和三十年代にも日本でバロックは親しまれていたことが分かる。

しかし、それはあくまでも軽い、BGMのような音楽としてではなかったか。バロック音楽が本格的に聴かれるようになったのは、古楽器による演奏が盛んになった六〇年代の後半からだろう。フランス・ブリュッヘン、グスタフ・レオンハルト、ニコラウス・アーノンクール、クイケン兄弟らが古楽器の豊かさを教えてくれるようになった。

オランダのバロック・チェロ奏者アンナー・ビルスマは、最近出版された『バッハ・古楽・チェロ　アンナー・ビルスマは語る』（アルテスパブリッシング）のなかで、ちょうどパリで学生運動がさかんだった一九六八年頃から古楽器演奏によるバロック音楽ブームが始まったと語っている。

ＮＨＫラジオのＦＭで、朝の六時からバロック音楽の番組が始まったのもその頃からだったと思う。亡き倉橋由美子は、この番組を愛聴していたと書いている。

キューブリックの『バリー・リンドン』（一九七五年）にヘンデルの「サラバンド」（「チェンバロ組曲第十一番」）、ボブ・フォッシーの『オール・ザット・ジャズ』（一九七九年）にヴィヴァルディの「弦楽のための協奏曲」、ロバート・ベントンの『クレイマー、クレイマー』（一九七九年）にヴィヴァルディの「マンドリン協奏曲」。映画のなかに次々とバロックが使われ、バロック人気は定着していった。

十月、小石川のトッパンホールでドイツのフライブルク・バロック・オーケストラ（ＦＢＯ）の演奏を二日にわたって聴きにゆく。

ヴァイオリン、ヴィオラ、チェロ、コントラバス、チェンバロから成るが、総勢十五人とバロックらしくこぢんまりしていて、アンサンブルが素晴らしい。

ヴィヴァルディ、バッハ、コレッリ、ヘンデルとバロックの小さな宝石のような曲が続く。ヴァイオリン、ヴィオラの奏者は立ったままの演奏。とくに、ペトラ・ミュレヤンスというリーダーの女性は身体いっぱいを使っていかにも楽しそうに演奏する。

二日目のバッハ「二つのヴァイオリンのための協奏曲」の美しさは、どこか遠くへ連れ去られてゆくよう。マーリー・マトリンがアカデミー賞を受賞した『愛は静けさの中に』（一九八六年）にこの曲が流れたのを思い出す。

二日間通ったが、「もっと聴いていたい」と静かな興奮がさめなかった。トッパンホールさん、またＦＢＯを呼んでください。

（「東京人」二〇一七年一月号）

復興中の常磐線に乗りにゆく。

常磐線に小高《おだか》という小さな駅がある。福島県南相馬市にある。原発のすぐ北。常磐線は東日本大震災で大きな被害を受け、随所で不通区間が生じた。現在も、原発の近くを走る区間は不通になったまま。

二〇一六年の七月にようやく小高駅が開業したと知った。初冬の一日、朝から天気がいいので常磐線に乗り、小高に出かけた。

東京からだと普通、水戸まわりで行くのだが、原発のある区間が不通で、代行バスも本数が少ないので、新幹線で仙台まで行き、そこから常磐線に乗った。

ここで失敗をした。小高駅は七月に開業したものの、途中、浜吉田―相馬間はまだ不通で、ここが復旧、開通するのは十二月十日とのこと。一週間先だった。早とちりをしてしまった。

それでも、ここまで来たのだから、仙台発の上りの常磐線に乗り、亘理《わたり》まで行き、そこで代行バスに乗り換え、相馬へ。相馬―小高間は開通しているので、再び常磐線に乗る。

朝、東京を出て、小高駅に着いたのは昼だった。途中、相馬までの代行バスは、山下、坂元、新地《しんち》などの駅を通る。いずれも津波で駅が破壊された。芦原伸『被災鉄道　復興への道』（講談社、二〇一四年）には、跨線橋だけを残し、消滅した新地駅の無残な姿をとらえた写真が掲載されている。

バスの窓から見ると、この区間は高架線に生まれ変っている。開通を一週間後に控えて試運転の列車が走っている。徐々にだが、着実に復興している。

小高駅（明治三十一年開設）は無事だったが、海（太平洋）に近く、津波は駅前まで到達した。しかも、町は原発が近かったため、多くの住民が避難生活を余儀なくされた。

町は現在、徐々に落着きを取り戻している。駅には、小さな子どもを連れて電車を見にやってきた若い父親がいる。ランプシェードの工房では、女性たちが電灯の笠を作っている。

昼食をとるために入ったラーメン店は、人気店らしく行列ができている。店内だけでは大勢の客をさばき切れず、家の居間にまで客を入れているのが面白い。醬油ラーメンが昭和の味でおいしかった。

震災後、俳人の長谷川櫂《かい》が詠んだ短歌「ラーメン屋がラーメンを作るといふことの平安を思ふ大津波ののち」を思い出す。

小高町は『死霊』で知られる作家、埴谷雄高（一九〇九—九七）の本籍地。祖父は相馬藩の藩士。埴谷自身は台湾の新竹の生まれ。湾生である。父親は台湾製糖に勤めていた。埴谷雄高の本名は、般若豊《はんにやゆたか》。筆名の雄高は「ゆたか」と読むが、「おだか」とも読める。日本での故郷、小高を想って付けたのかもしれない。

小高ゆかりの文学者がもう一人いる。島尾敏雄（一九一七—八六）。横浜に生まれたが、父母は小高の生まれだった。

埴谷も島尾も小高に愛着を持ち、二人は、一九六六年に共に、相馬で行われた野馬追を見物している。

小高駅から歩いて十分ほどのところに文化会館があり、そこに「埴谷島尾記念文学資料館」が作られている。3・11で被害を受け、閉館していたが、二〇一六年に再開。館長は、民俗学者の赤坂憲雄さん。一室だけだが、小さな町がゆかりの文学者をきちんと顕彰しているのはうれしい。

埴谷雄高の書、「雄高は小高より發せり」が飾られている。館の小冊子によると、般若家の墓は東京の青山墓地にあるが、その隣りが相馬家の墓だという。


小高に行ってみて、ここはもう一人、荷風ゆかりの人物の出身地であることを知った。思いがけないことだった。

文化会館で発売されていた小冊子「おだかの人物」（南相馬市、二〇〇六年）で知った。

江戸川柳や浮世絵の研究家、大曲駒村《おおまがりくそん》（一八八二—一九四三）。小高に生まれ、のち東京に移った。関東大震災に遭遇し、その詳細な記録『東京灰燼記　関東大震火災』を著した。この本は以前、中公文庫（一九八一年）に入っていたが、現在はどうか。

駒村は江戸の文芸に造詣深く、子規門下として俳句もよくした。荷風を敬し、しばしば自著や書簡を送った。そのことが『断腸亭日乗』に記されている。

「おだかの人物」には、さらに思いがけないことが書かれていた。

駒村は荷風への敬愛から晩年「永井荷風氏著作書誌」を作成したという。八分どおりできあがっていたが、完成に至らず、死去した。『日乗』昭和十八年三月二十六日には、欄外に「大曲駒村歿」と朱書されている。面識はなかったようだが、江戸文学愛好家としての駒村を荷風は心にとめていたのだろう。
小高は、こういう文人の故郷だったか。

帰り、水戸まわりの常磐線で帰ろうとしたが、小高駅から鉄道が復旧している竜田《たつた》駅までの代行バスが、一日に二本しかなく、二時間以上待たなければならない。困っていたら駅員が、相馬行きの電車に乗って二つ目の原ノ町駅から福島駅まで高速バスが出ているという。これで帰ることにした。小高から原ノ町までは電車で十分ほど。ちなみに常磐線は電化されている。

原ノ町駅（明治三十一年開設）には、十年ほど前に来たことがある。ある雑誌で「駅物語」という連載をしていて、この駅を選んだ。

常磐線の主要駅のひとつ。駅舎は鉄道の名駅舎によく選ばれる。二階建てで正面の屋根を前に張り出し（車寄せの形になる）、それを高い柱で支えている。震災で被害は受けたが本体は無事だったようで、同じ形で改装中だった。

バスは駅前から出るが、その駅前に以前はなかった立派な図書館が建っている。バスが出るまで少し時間があったので、なかに入ってみる。きれいで広々としている。蔵書も充実している。ためしに拙著を検索してみると四十冊ほどあったのでうれしくなった。

高速バスは阿武隈高地を抜ける。途中、飯舘村《いいたてむら》や川俣町《かわまたまち》を通る。一時間半ほどで福島駅に着いた。

夕暮れどき、ビールが飲みたい。福島に来たら必ず立ち寄る駅前の居酒屋Uが、あいにくこの日は閉まっている。そういえば、いわき市で隔週紙「日々の新聞」を出している安竜昌弘さんは、以前私のこのコラムでUを知り、出かけたという。「日々の新聞」にいい居酒屋だったと書いている。

東京の人間が、福島の知人に福島の居酒屋を教える。なんだか愉快。

Uが休みだと、どこへ行くか。なかなかいい店が見当らない。仕方がなく駅ビルのなかの回転寿司Uに入ったが、ここが素晴らしい店だった。回転している品数は少なく、客は直接、板前さんに頼む。皆さん、常連らしい。若い女性も多いし、家族連れもいる。盛岡の回転寿司、清次郎と似た雰囲気。地元では名店として知られているのだろう。

回転寿司はあなどれない。一人暮しになってから、もっぱら回転寿司ばかり。福島にまたいい店を見つけた。安竜さんに教えよう。


この十年ほど、台東区の入谷に住む堀内恭さんが、「入谷コピー文庫」というコピーを綴じた小冊子を送ってくれる。奥さんとお母さんの三人、「堀内家内工業」で制作している。限定わずか十五部。すでに通巻七十号を超える。

この雑誌が実に面白く愛読している。居酒屋の話、下町の映画館の話、日活映画の傍役の話……「裏町の人生讃歌」と銘打たれている。先だって送られてきたのは、「昭和人間印象記」とその続篇。筆者の岡崎満義さんは文藝春秋の編集者だった。取材で会った印象に残る人のことを回想している。「続」には、作家の八木義徳《やぎよしのり》（一九一一―九九）のことが書かれている。編集者として最初に感動を受けた作家だという。

座談会の出席を依頼しに行ったが、初対面の岡崎さんに八木義徳はこんな話をしたという。学生時代、左翼運動に関わり、逮捕された。「ブタ箱」ではすることがなく一日が途方もなく長い。すると前から入っている、独立運動に加わった朝鮮人がこんなことを教えてくれた。一日に三枚配給されるチリ紙の一枚を小さく裂いて、それで折鶴を作る。小さな鶴を折ることで無聊を慰める。

「ぼくはその話を聞きながら、白く一列に並んだ折鶴を想像して、一瞬身体の中がシンとするような気がした」

大武正人という大岡山のハンコ屋主人の話も胸を打つ。この人は劇作家の三好十郎を尊敬していた。人生の師が亡くなったとき、どこの出版社も師の本を出そうとしなかった。

そこでこの人は、三好十郎のガリ版刷り全集六十三巻を、六年かかって独力で完成させたという。一人でこつこつとガリ版を切る。ベストセラーばかりが喋々《ちょうちょう》される時代に、心あたたまる話だ。


半年ほど、「読売新聞」電子版で東京の町についてのエッセイを連載していた。連載が終わり、担当者のNさんと上司のKさんが、千駄木のおでん屋でささやかな打上げの会を開いてくれた。

その席でNさんが、思いもかけない、うれしい贈り物をしてくれた。

連載の文章をコピーに取り、それを和綴にして小冊子にしてくれたのである。これには驚いた。

連載分のコピーを渡してくれる編集者はいる。しかし、それを丁寧に和綴にして、いわば私家版を作ってくれるとは。これには感動した。Nさんは、メモ用紙に、丸善の漱石の原稿用紙のメモ帳を使うなど、文房具が好きな人だなと思っていたが、ここまでしてくれるとは。物書きにとって宝物だ。


（「東京人」二〇一七年二月号）

御殿場線の小さな駅。

この正月、東京から熱海に移住した知人を訪ねた。知人は私と同じように数年前に奥さんを亡くした。三年ほど前、生まれ育った東京を離れ、一人で熱海のマンションで暮している。五階の部屋の窓からは海が見える。明るい日ざしが射しこむ。町には気軽に入れる温泉が随所にある。居酒屋もある。何より暖かい。知人は熱海での暮しに満足しているようだ。ただ急坂があるのが難で、熱海駅へ出るにはバスかタクシーを使わざるを得ないという。

熱海暮しもあり得るかなと羨ましく思った。知人の家で一泊し、翌朝、熱海まで来たのだからと、御殿場線に乗って帰ることにした。御殿場線には近年、気に入っている小さな駅があり、年に一度は出かけて行く。

御殿場線に乗るには起点の国府津《こうづ》駅（東海道本線）に出るのが通常だが、今回は、寄り道をした。小田原に出て、そこから大雄山《だいゆうざん》線に乗る。正式には、伊豆箱根鉄道大雄山線。大正十四年（一九二五）の開業。九十年以上になる。私鉄の電車。西武系列。小田原駅と箱根山の麓の古刹、最乗寺のある大雄山駅（南足柄市）を結ぶ。全長一〇キロ足らず。

沿線に富士フイルムやアサヒビールの工場があるためか、三両の電車は平日の午後でも乗客は多い。沿線は新興の住宅地。電車は住宅のなかをゆっくり走る。二十分ほどで終点の大雄山駅に着く。足柄峠、金時山の麓。その縁で駅前には、足柄山の金太郎の像が置かれている。

庄野潤三は晩年になって、自分の家族をモデルに『貝がらと海の音』をはじめとする一連の家族小説を書いた。成長した子どもや孫たちとの穏やかな老後の日々が、ゆったりと描かれてゆく。血の気の多い現代小説のなかで、そのひそやかな温雅な世界は、小さなユートピアに見えた。この一群の小説が好きで、拙著『郊外の文学誌』（新潮社、二〇〇三年）の終章は「郊外に憩いあり」と題する庄野潤三論にした。

老夫婦の長女が結婚して住むのが、この大雄山線の沿線。『インド綿の服』（講談社、一九八八年）は、長女からの「足柄山からこんにちは」で始まるユーモラスな手紙を材に取っている。老夫婦と書いたが、当時、庄野潤三は六十七歳。いまの私より若い！

長女は、遠くに相模湾が見える山の、雑木林の中にある家に住む。夫は、朝早く車で大雄山線の塚原駅に出て、小田原経由で横浜の会社に通う。

夫が会社へ、子どもたちが学校へ出かけたあと、長女は畑仕事に出る。「楽しき農婦」になる。ジャガイモ、レタス、キャベツなどさまざまな野菜を作る。出来がいいと、小田急線の生田駅に近い丘の上（川崎市多摩区）に住む両親に送る。田舎暮しを楽しんでいる。

終点の大雄山駅で降りる。駅前は案外、にぎやか。ショッピングセンターがあるし、駅前食堂もある。夜になったら入りたくなるような居酒屋もある。駅には、文化会館で古い日活映画、市川崑監督の『ビルマの竪琴』の上映があるのを知らせるポスターが貼られている。いい町のようだ。

御殿場線で気に入っている駅とは、山北駅《やまきた》のこと。御殿場線と小田急線が交差する松田駅の二つ先にある（御殿場方向）。

地図で見ると大雄山駅から山北駅まで六キロほど。近い。バスがあるかと思ったが、もう利用者が少なくなっているのか、出ていない。歩けない距離ではないが、上り下りが多い道だし、冬のこの季節のこと、無理することはない。ふだん、めったに乗らないタクシーに乗った。

十分ほどで山北駅に着いた。

山間のひっそりとした小さな駅。

御殿場線（国府津—沼津）は、よく知られているように旧東海道本線。箱根の山裾を走るため勾配が急で、運行は難儀した。鉄道の時代になっても箱根は天下の険だった。そのため丹那トンネルが作られ、昭和九年に完成すると、現在の熱海経由が東海道本線となり、国府津—御殿場間はローカル線に格下げになってしまった。

山北駅（明治二十二年開設）は御殿場線の拠点駅だったところで、ここで急勾配を走るための補助機関車を連結した。そのために機関区が置かれていた。山北は鉄道の町だった。

明治三十三年に発表された〽汽笛一声、新橋を……の「鉄道唱歌」では、「いでてはくぐるトンネルの前後は山北小山《おやま》駅」と歌われている（小山駅は現在の駿河小山駅。このあたりはトンネルが多い）。

山北駅の駅舎は瓦屋根の平屋。大正か昭和はじめの建物だろうか。構内にかつては機関区があり扇形車庫もあったが、いまは役目を終えて、あくまでもひっそりとしている。休日だったが、寒い季節のこと、駅周辺に人の姿は少ない。

それでも駅の南口には鉄道公園があり、往時、活躍した蒸気機関車、D52が保存されている。静態保存だが、動かすことができるという。昭和十九年の製造というから、私と同じ年齢になる。昭和四十三年に御殿場線が全線電化となって、SLは姿を消した。


駅前には鉄道に沿うように小さな商店街が東西にのびている。シャッターの降りている商店が多いのは寂しいが、ところどころに建つ、蔵のある瓦屋根の商家が歴史を感じさせる。駅前には、昭和モダンの美容院と薬局の建物がある。どちらも銀座にあってもおかしくない。美容院は角地にあるが、角のところがカーブしている。銀座四丁目交差点の和光と同じ作り。薬局には二階に南欧風のしゃれたベランダも付いている。往時のにぎわいを感じさせる。

この町はまた、室生《むろう》神社という神社で毎年十一月に行われる流鏑馬《やぶさめ》で知られる。昨年だったか、テレビのドキュメンタリー番組で見て、小さな町で素晴しい行事が続いていると驚いた。

町のはずれを酒匂川《さかわ》が流れている。酒匂川の下流といえば、黒澤明監督『天国と地獄』（一九六三年）で、東海道本線の特急「こだま」に乗った三船敏郎が、誘拐犯人（山崎努）に言われるままに、列車のトイレの窓から身代金の入ったカバンを投げ下ろしたところ。酒匂川の上流は山北にあったか。

同じ黒澤で思い出した。一昨年、公開された黒沢清監督の『岸辺の旅』で、浅野忠信演じる謎の男は、山北の町の新聞販売店で働いた。私の知る限り、映画のなかに山北が登場したのは、これが初めて。

この映画は、隣の谷峨《やが》駅の特色ある三角のとんがり屋根の駅舎もとらえている。谷峨駅は元々は信号場。この駅にも降りてみたいのだが、無人駅だし、駅周辺に商店はないので、一度降りると、次の列車まで間が持たない。『岸辺の旅』、よくこんな小さな駅をカメラにとらえた。

山北の町を歩いているうちに、雨が降り出した。本降りのようだ。とりあえず雨宿りで駅舎に入った。次の国府津行きまで一時間ほどある。どうしようか。

よく見ると駅の真ん前に黒い瓦屋根の古民家風の店がある。居酒屋ではないか！　ポッポ駅前屋。午後の三時という中途半端な時間なのに「営業中」とある。

迷うことなくなかに入った。素晴しい店だった。昭和はじめの建物で、以前はお茶屋だったという。黒光りする柱が時代を感じさせる。鉄道の駅前の店らしく、蒸気機関車の写真がたくさん張ってある。

何よりもうれしいのは、最盛時の山北駅のジオラマが置かれていること。機関区の様子がひと目でわかる。いまはない扇形車庫も作られている。

いい店に入った。寒いなか歩いてきたので、まずは燗酒を頼む。これがおいしい。癖の強い酒より、さっぱりした水のような酒が好きな人間には有難い。きれいなおかみさんに聞くと「松美酉《まつみどり》」という丹沢の酒だという。里に福あり。

山北駅は桜の名所で春はにぎわう。また、丹沢登山の出入り口なので登山客も多い。店にはそういう客が、列車を待つあいだ、やってきてくつろぐようだ。

雨に降られたおかげで、思いがけず、いい店を見つけることができた。

一人暮しになってから、鉄道の旅ばかりしている。観光名所とはいえない、市井の暮しが感じられる町に行くことが多い。心のどこかに、東京を離れ、田舎暮しをしたいという思いがあり、といって、思いきって移住する気力もないので、旅に出て、しばし、その町に住んでいる気分になる。

小学館のシニア向け雑誌「サライ」の編集長をしていた岩本敏《さとし》さん（一九四七年生）から先だって、「maturity《マチユリテイ》」（日本産業退職者協会刊）という雑誌を送ってもらった。岩本さんが、田舎暮しの楽しさについて書いている。それを読んで羨ましくなった。

岩本さんは、六十六歳誕生日の前日に、長年、働いた会社をリタイヤした。そして三重県の亀山市に移り住んだ。といっても、はじめから田舎暮しを考えていたわけではない。

長年一人暮しを続けていた義父の介護を、奥さんとするための移住だった。

義父が亡くなったあと、どうするか考えた末に、そのまま亀山に残って田舎暮しを決意した。緑の多い環境が良く、畑仕事が楽しくなった。

「私の一日は、夜明け前に家を出て約一時間ほどの、五〜六キロの散歩から始まる。散歩から帰って、畑でその日食べる野菜を収穫し、朝食の準備を始める。三度の食事は私が作る」。なんとも健康的な暮し。

亀山は田舎といっても山深い村ではない。東京や京都、大阪に近い。だから、月に何度かはコンサートや美術館、博物館に出かける。好きな落語を聴くためなら全国どこにでも行く。その点、亀山は日本の真ん中なので便利。

ただ、やはり田舎暮しで難しいのは近所付き合いだろう。「私自身は、初めて暮らす土地の習慣や、都会にはないご近所付き合いを面白いと思ったり、この歳で初体験できることに喜びを感じているが、人によってはそれを煩わしいと感じる人がいるかもしれない」。
戸数わずか三十六戸の地域社会に溶け込めたのは、岩本さんの人徳だろう。

(「東京人」二〇一七年三月号)

足利と町田、文学を受継ぐ町。

浅草から出ている東武電車に昨年から台湾の車両デザインを取り入れた電車が走るようになった（東武は台湾鉄路管理局（台鉄）と友好鉄道協定を締結している）。栃木県、群馬県方面に向かう特急「りょうもう」号の「普悠瑪《ぷゆま》」デザイン。クリーム色の車体に赤いラインとRyomoの文字が入る。「普悠瑪」とは、台湾原住民族プユマ族の言葉で「団結」を意味するという。

二月の冬晴れの日、「普悠瑪」デザインの特急「りょうもう」号（太田行き）に乗って栃木県の足利市に向った。この町に行くのは、はじめて。近年、映画のロケ地になることが多いので、どんな町か見ておきたい。

このところ東京は晴れの日が続く。青空が広がる。埼玉県に入っても青空。越谷あたりを走っているとき、左手を見ると青空のなかに雪をかぶった富士山がくっきりと見える。意外と大きい。東武電車からも富士山は見えたか。

それで思い出すのは谷崎潤一郎の『細雪』。昭和十三年の秋、芦屋に住む蒔岡家の次女、幸子は、「女中」のお春どんを連れて、東京に住むようになった長女の鶴子を訪ねる。このとき、長年、よく働いてくれているお春どんの労をねぎらうため、鶴子の家で働くお久どんと一緒に日光見学に行かせてやる。

旅を楽しんで帰ってきたお春どんは、みやげ話をするなかで、東武電車のなかで「富士山も見えましてございます」と語る。関東のことをほとんど知らない幸子は「ほんまかいな、お春どん、富士山の恰好した山と違うか」といぶかる。

しかし、「普悠瑪」デザインの特急「りょうもう」号に乗って確認できた。東武電車のなかから富士山が見えることは間違いない。それもかなり大きく。お春どんは正しかった。

浅草から二時間ほどで足利に着く（駅名は足利市）。駅を降りると、目の前に渡良瀬《わたらせ》川が流れている。河川敷が広々として気持がいい。足利学校などがある市内に行くには、渡良瀬川に架かる中橋を渡る。みごとな三連アーチ橋。左手には渡良瀬橋が見える。こちらはトラス橋。名橋が並ぶ。

橋を渡るとすぐ踏切がある。ＪＲの両毛《りょうもう》線（小山―新前橋）が走っている。栃木県と群馬県を結んでいる。

踏切を渡ると市の中心地。中央通りという商店街はきれいな町並みを見せる。小さな食堂があったので佐野ラーメンを注文したら、稲荷寿司とコーヒーがついていた。おかみさんは親切だった。店の隣がライブハウスなのには驚いた。関東の鎌倉といわれる古都なのに意外とモダン。タトゥーの店もあった。

歴史のある町だし、織物で栄えたところでもある。人口十五万人ほどの町だが、長年のストックの豊かさを感じさせる。

そのためか、足利は最近の日本映画によく登場する。多部未華子主演の『君に届け』（二〇一〇年）、広末涼子主演の『桜、ふたたびの加奈子』（二〇一三年）、蒼井優主演の『アズミ・ハルコは行方不明』（二〇一六年）、広瀬すず主演の『ちはやふる 上の句』（二〇一六年）などが、ここで撮影されている。岩井俊二監督の『リリイ・シュシュのすべて』（二〇〇一年）も確か、足利とその周辺でロケされていた。市役所のなかに「映像のまち推進課」という課もあるようで、その課の主催で二月末には「あしかが映像まつり」も行われる。上映作品を見ると、成瀬巳喜男監督の『秋立ちぬ』（一九六〇年）もある。成瀬好きとしては、うれしくなる。

最近の足利ロケの映画といえば、宮沢りえがキネマ旬報主演女優賞を受賞した『湯を沸かすほどの熱い愛』。宮沢りえが切り回す銭湯は、足利市に唯一残っている花の湯という銭湯で撮影されている。

ラーメンを食べた食堂でおかみさんに、その話をすると、花の湯は「すぐそこ」と教えてくれる。店を出て、行ってみた。中央通りに平行して北仲通りという小さな商店街がある。瓦屋根の古い商店が長屋のように並び、その先に、花の湯があった。いかにも町の銭湯で、いわれなければそれと分からないほど小さい。それに、かなり古びている。なるほど宮沢りえが女手ひとつで、立て直そうとする銭湯にふさわしい。

この日は休日だったが、開いていたら入りたくなる。銭湯といえば、成瀬巳喜男の『秋立ちぬ』には、母親（乙羽信子）に連れられて、東京（中央区の新富町あたり）の親戚の八百屋にやって来た小学生の男の子（大沢健三郎）が、近所の銭湯に行き、その大きさに驚く場面があった。昭和三十年代の東京の下町では、内湯はまだ少なく、銭湯に行くのが普通だった。だから小津安二郎監督の『東京物語』（一九五三年）では、下町で美容院を開いている娘（杉村春子）の夫（中村伸郎）が、家に泊ることになった尾道の義父（笠智衆）と義母（東山千栄子）を「湯に行きませんか」と銭湯に誘った。銭湯は、もてなしの場所でもあった。まさに「湯を御馳走する」。

足利は予想以上にいい町だった。やはり、足利学校という鎌倉時代からあった「学校」の伝統を受継いでいるのだろう。

美術館がある。その前には書店がある。ブックカフェがあった。足利学校の近くには、老夫婦の営む古書店がある。本は一冊ずつ、きれいにパラフィン紙のカバーが掛けられている。和本もある。澤野久雄のサイン入りの『殺意への誘い』(平凡社、一九七六年)を見つけた。澤野久雄は、「朝日新聞」の記者で作家になった。山本富士子が最高に美しかった吉村公三郎監督の『夜の河』(一九五六年)の原作者として知られる。

足利へ、行きは、東武電車に乗った。帰りは、両毛線で小山に出て、新幹線で帰ることにした。

JR両毛線の足利駅に向かった(JRの駅名は足利)。踏切を渡って、線路に沿って歩いていると、駅の手前に、思いがけず古書店があった。いや、正直、ここは古書店というより古本屋といったほうがいい。ガラス越しになかを見ると、まるで物置のように乱雑に本が置かれている。店の前の均一本の箱には、マンガとヌード雑誌。足利学校前の古書店とは正反対。

まったく期待せず、なかに入ってみた。

ぎっしり、雑然と本が並べられた棚を見ているうちに、次第にわくわくしてきた。いい文学書が揃っている。永井荷風も林芙美子もある。昭和四十年代には読まれていた純文学の森万紀子もある。

店に入る前のあなどりの気持はたちまち消えて、一冊一冊と棚から取り出しているうちに、十冊ほどになってしまった。もっと買いたかったが、旅先では荷物になるから、そんなに買い込むわけにはゆかない。

奥のレジに向かう。本の山に埋もれていたのは、老婦人だった。これにも驚いた。女性がこの店を営んでいるのか。

店の前の均一本コーナーにあった、子どもの頃に夢中になって読んだ、ハンガリーの児童小説、モルナール＝フェレンツの『パール街の少年たち』は、おまけにしてくれた。

銭湯だけではない。こんな古本屋がまだ残っているとは。やはり、歴史のある町は違うと感服し、幸福な気持になって、帰りの列車に乗った。

町田市の市民文学館ことばらんどで、野田宇太郎展が開かれている。二月はじめ、そこで、「文学散歩」を始めた文芸評論家として近年、再評価されている野田宇太郎（一九〇九〜八四）についての講演をする。なんと、野田宇太郎の娘さんも来ている。私よりも少し年上になる。

町田市のこの文学館は、町田市ゆかりの文学者を大事にしている。一昨年は、町田市に長く住んだ作家、翻訳家の常盤新平展、同じく町田市に住んだ作家の日影丈吉展を開いている。地元の作家を顕彰する。いいことだ。文化行政が貧しいわが杉並区と大きく違う。

野田宇太郎は、「文学散歩」を始めた人として知られる。現在では、都市論の先駆者と評価されるが、当時は、「散歩」という言葉の軽さのためか、「文学散歩」が、作家たちに軽視されたことは否定できない。文学作品を、その舞台となった土地、場所によって語ることは昭和二、三十年代はまだ異端だった。

野田宇太郎は、のちの都市論の名著、磯田光一『思想としての東京』や前田愛『都市空間のなかの文学』の先駆者だった。

そんな話をした。

他方、野田宇太郎は文学好きの編集者だった。戦時中、唯一の文芸誌となった「文藝」の編集者として孤塁を守った。戦後は「藝林閒歩」という文芸誌の編集に携わった。

このときに、大きな仕事をした。

明治を代表する象徴詩人、蒲原有明《かんばらありあけ》（一八七六～一九五二）を再発見したこと。戦後、有明は忘られていた。当時、もう七十歳。「藝林閒歩」の編集者として、ある日、鎌倉の川端康成の家に行った宇太郎は、川端の家に、有明が静岡市の家を空襲で焼かれ、移り住んでいるのを知って驚いた。そもそも川端の家の大家が有明だった。

当時、前述したように、有明は忘れられていた。川端ですら、有明を知らなかった。しかし、編集者で、明治の文学を愛する宇太郎は、有明を敬していた。すぐに回想記を依頼した。

それが晩年の有明の代表作となる『夢は呼び交す』（岩波文庫に入っている）。野田宇太郎が再発見したといっていい。

そんな話をして、講演を終えた。

そのあと、驚いたことがあった。講演を聴きに来た人のなかに、なんと、蒲原有明のお孫さんの中年の男性がいたのである。野田宇太郎への恩義ゆえだろう。暖かい気持になった。足利の古本屋といい、町田の文学館といい、文学はきちんと受継がれている。

（「東京人」二〇一七年四月号）

初めての桐生散歩。

二月に行った足利の町（栃木県）が良かったので、三月のはじめ、JR両毛線（小山―新前橋）の足利の先にある桐生（群馬県）に出かけた。ちなみに「両毛」とは「上毛野《かみつけの》（のちの上野国《こうずけのくに》）と下毛《しもつけ》野《の》（下野国《しもつけのくに》）」二国の併称。両毛線は新前橋行きが上り、小山行きが下りになる。

桐生駅は、鉄道好きには人気のある、わたらせ渓谷鐵道（もとの国鉄足尾線、現在は第三セクター）の起点で、これまで乗り降りしたことはあるが、桐生の町を歩くのは初めて。北関東は、東京に近いこともあり、これまで盲点になっていた。

足利駅は地上駅で、駅舎（昭和八年の二代目）は昭和モダンのしゃれたものだが（よく日本の名駅舎百選に選ばれる）、桐生駅（明治二十一年開設）は正直なところどこにでもあるような高架駅。

しかし、その不満は駅を出て北へ五分ほど歩くと解消される。私鉄の上毛《じょうもう》電気鉄道（西桐生―中央前橋）の西桐生駅があらわれる。ここは昭和三年（一九二八）開業当時のままの洋風駅舎が現在も美しい姿を見せる。北海道に多く見られるマンサード屋根（腰折れ屋根）。外に作られた公衆トイレの屋根もマンサードになっている。

駅舎のなかの待合室には、地元の小学生たちが作った、絵と文章からなる「桐生の町のおすすめの場所」の地図が張り出されている。可愛い。この電車（通称「上電」）が地元で愛されていることがうかがえる。

桐生には、前から一度、行きたいと思っていた美術館がある。大川美術館。松本竣介と野田英夫のコレクターだった桐生出身の企業人、大川栄二氏が設立した。松本竣介は好きな画家のひとりで、数年前、ゆかりの盛岡市（少年時代を過している）で松本竣介について講演をしたことがある。

地図を見ると、美術館は西桐生駅から近い。軽い気持で歩き始めたのだが、これが大変だった。美術館は小高い山の上にあり、坂を上ってゆく。これが急坂。水平移動は苦にならないのだが、垂直移動が苦手な人間には、ひと苦労。途中、何度もとまって息をととのえる。あきらめようかと思ったほど。

と、うしろから来た車がとまって、運転している男性が「乗りなさい」という。この気のいい中年男性のおかげで、無事に美術館にたどり着いた。

こぢんまりした、いい美術館だった。

山の中腹に建てられていて、入り口が四階にあり、階下へと下る構造になっている。幸いこの日は、入館者も少なく、一人でゆっくりと松本竣介や野田英夫の作品を見ることができた。

美術館や美術展の難点は、係員が入館者の言動を見張っていて、こうるさく注意すること。うっかりメモなどしていると飛んでくる。ハイヒールの音がうるさいと注意される女性もいる。せっかく、いい気分で絵を見ていたのに気分がこわされてしまう。

この美術館にはこういう無粋な〝見張り〟がいない。入館者を信頼してくれている。

松本竣介の代表作「街」（一九三八年）や「青の風景」（一九四〇年）などの他に、意外な作品があった。

戦後、林芙美子の児童小説『少年』（一九四七年）や『一粒の葡萄』（同年）に寄せた挿絵。初めて見た。

松本竣介は林芙美子と同じ、淀橋区下落合（現在の新宿区中井）に住んでいたから、当然、親交があったのだろう。林芙美子自身、絵が好きで、絵筆をとったし、夫の手塚緑敏《りょくびん》は画家だった。手元にある、「松本竣介展図録」（二〇一二年）には、松本竣介が自宅のアトリエで手塚緑敏と歓談している写真が収められている。

いい美術館だった。美術館に行ったときは、帰りにミュージアム・ショップで収蔵品の絵葉書を買い求めるのが楽しみ。ここもいい絵葉書がたくさん揃っていた。農家の老夫婦が、手をうしろに組んで麦踏みをしているところを描いた台伸八《だいしんぱち》という、初めて知った画家の「麦踏み」（一九八〇年）は素晴しく、いまその絵葉書を机の前に飾っている。

美術館からの帰りは下りなので、上りよりはずっと楽。いい絵を見たので元気も出る。

桐生は空襲に遭わなかったので、瓦屋根の日本家屋が普通に残っていて、落着いた町並みをつくっている。とくに「桐生新町」と総称される一帯は、江戸後期から昭和初期に建てられた瓦屋根の商店や蔵、ノコギリ屋根の工場が残され、保存地区に指定されている。

桐生は絹織物で栄えた町。古い建物を見るとストックの豊かさを感じさせる。

昭和三十一年に公開された成瀬巳喜男監督の『妻の心』は、桐生でロケされている。老舗の薬局の若い夫婦、小林桂樹と高峰秀子が、近くに大きなライバル店ができて、薬局だけでは次第に商売が苦しくなってきたので、店の裏に喫茶店をつくることになる。妻の高峰秀子が開店準備で世話になる銀行員、三船敏郎と親しくなり、いっとき夫婦関係がまずくなってしまう。

成瀬巳喜男得意の「個人商店もの」。映画のなかでは桐生と明示されていないが、当時のプレスには「桐生でロケした」とある。

なるほど、小林桂樹と高峰秀子の営む薬局がある商店街は「桐生新町」のようだし、高峰秀子と三船敏郎が歩く公園は、動物園のある桐生が岡あたりではないか。

成瀬巳喜男は、空襲に遭わなかった桐生には、昔ながらの町並みが残っているのを知り、ロケ地に選んだのだろう。

「桐生新町」の商店街を歩いていたら、通りの隅に、坂口安吾の碑があった。

安吾は、昭和二十七年の二月に「群馬県桐生市という赤城山麓の織物都市」に引越した。旧友の作家、南川潤の紹介だった。「桐生一の旧家で桐生一の富豪」という書上《かきがみ》文左衛門の家を借りた。

ここで長男の綱男が生まれ、穏やかな日々を過ごしたが、昭和三十年の二月、取材旅行から帰ったあと、脳出血で急逝した。四十九歳。

新潟市で生まれ、成長してから東京をはじめ、京都、取手、小田原、伊東など各地を転々とした安吾の終焉の地が桐生とは放浪の作家らしいが、当時、考古学に興味を持っていた安吾は、東武鉄道の車窓から太田、桐生の風景を見て「古墳だらけ」と感激したという（桐生市教育委員会発行、奈良彰一編集『桐生人物誌』)。

観光案内所の人に聞くと、坂口安吾の文学碑があるとのことだったが、場所は山の上。さすがにまた山を登る元気はなく、桐生駅近くの食堂でビールを飲み、桐生名物の「ひもかわ」を食べて両毛線に乗った。


三月、知人の元編集者が世話人を務める「本をたのしもう会」の催しで、武蔵境の小さなホールで アメリカ文学者の荒このみさんと対談をする。

荒さんは昨年、十年近くかけてマーガレット・ミッチェルの『風と共に去りぬ』を訳して刊行された(岩波文庫)。大変な労作。この本がテーマになる。

『風と共に去りぬ』をきちんと読んだのは実はこれが初めて。荒訳は、品が良く、読みやすい。全巻に詳細な解説が付いていて、教えられるところが大きい。

荒さんによれば、『風と共に去りぬ』はあまりにベストセラーになったため、アメリカの研究者のあいだでは、まともに論じられていないという。いっときの日本での林芙美子に似ている。

そうであればこそ、荒さんは熱を入れて翻訳したという。アメリカの黒人文化に詳しい荒このみさんは、この本の最適の翻訳者だろう。そういえば、以前、黒人のクラシックのピアニスト、アワダジン・プラットのコンサートで偶然、荒さんにお会いしたことがある。

『風と共に去りぬ』(Gone With the Wind)の主語は、実は文明(Civilization)。南北戦争の敗北によって、南部の良き時代は風と共に去ってしまったという意。

奴隷制度を維持していた南部のどこが「文明」なのだと現代の人間は思ってしまうが、『風と共に去りぬ』を読むと、無論、白人の側からの視点ではあるが、白人と黒人とのあいだに、それなりの共同体がつくられていたことがわかる。

そのよき共同体が失われ、南部は敗戦後、勝者の北部によって支配されることになる。このあたりの事情は、戊辰戦争で敗者となった会津藩をはじめ東北諸藩の苦難と似ている。

今回、『風と共に去りぬ』を読んで思いがけない事実を知った。

スカーレットの心の恋人アシュリーは、敗戦後、当時、結成されたばかりのＫＫＫ団のメンバーになる！

北軍への抵抗のため。『風と共に去りぬ』は、敗れた側のもうひとつのアメリカを教えてくれる。

荒このみ訳『風と共に去りぬ』は訳注が充実しているのも素晴しい。

ひとつ、永井荷風との関連で教えられたことがあった。「風と共に去りぬ」という言葉は、荒さんによれば、イギリスの詩人、作家のアーネスト・ダウスン（一八六七〜一九〇〇）の詩から取られている。

『アーネスト・ダウスン作品集』は現在、南條竹則編訳で岩波文庫から出ているが、日本でダウスンを早くに紹介した一人は、平井呈一。永井荷風に私淑した英文学者で、のち破門状態になった。

平井呈一をモデルにした岡松和夫の小説『断弦』（文藝春秋、一九九三年）には、「貞吉」（平井呈一）が「荷葉」（荷風）に会ったとき、「薔薇と陶酔の日々も束の間にして」と呟くと、「荷葉」が「ダウスンですね」とすかさず指摘するくだりがある。

荷風が思わぬところで『風と共に去りぬ』とつながった。

（「東京人」二〇一七年五月号）

わたらせ渓谷鐵道駅めぐり。

久しぶりに、わたらせ渓谷鐵道に乗りに行った。桐生から、かつて足尾銅山があった間藤《まとう》までを、渡良瀬川に沿って走る。

国鉄時代の足尾線。一九八九年に第三セクターとなり、名を改めた。JR両毛線の桐生駅の高架ホームから出る。平日だったためか一両の気動車。間藤までは約一時間半。

久しぶりにこの鉄道に乗ったのは、映画のなかに登場した駅が気になっていたから。

二〇一五年に公開された、吉田秋生の漫画の映画化、是枝裕和監督の『海街diary』。鎌倉に住む三姉妹（綾瀬はるか、長澤まさみ、夏帆）が、父親の葬儀に山形県の小さな温泉町に行った帰り、ローカル鉄道の駅から列車に乗り込む。葬儀ではじめて会った腹違いの妹（広瀬すず）が姉たちを見送る。

この印象的な場面は、わたらせ渓谷鐵道の足尾駅で撮影されている（映画のなかでは、それと明示されていない）。同鉄道の主要駅で、足尾銅山時代には、ひとつ手前の通洞《つうどう》駅から足尾駅にかけてはにぎやかな町だった。現在も小学校と中学校がある。

列車が通洞駅に近づくと車内でこんなアナウンスがあった。「終点の間藤駅周辺には店がありませんので、食事をなさりたい方は、通洞駅でお降りください」。現在、通洞駅から足尾駅にかけてが、足尾銅山観光の拠点になっているようだ。

『海街diary』がロケされた足尾駅（大正元年開業）は、かなり大きな木造駅舎。おそらく開業時のままだろう。是枝監督がここをロケ地に選んだのもわかる。懐かしい昭和の香りがする。構内には、足尾線時代の車両が保存されていて、ちょっとした博物館のよう。

足尾駅前からはバスが出ている。行先を見ると日光とある。驚いた。足尾町は群馬県だとばかり思っていたら栃木県だった。地図を見るとなるほど、足尾から群馬県の桐生までと、栃木県の日光まではさほど距離が変らない。今度、バスで日光に出てみよう。

わたらせ渓谷鐵道はローカル鉄道の例に洩れず本数が少ない。終点の間藤に行く次の列車まで一時間半ほど待たなければならない。

幸い天気もいいので、間藤まで一キロ半ほど歩くことにした。といっても間藤発桐生行まで四十分ほどしかない。急ぎ足になる。見れば同じように間藤まで歩いている人間が何人かいる。慣れた観光客のようだ。

間藤駅（大正三年開設）の駅舎は時計塔のついたしゃれた建物。宮脇俊三が国鉄全線完全乗車（『時刻表2万キロ』）を成し遂げた最後の駅として知られる。駅のなかに、宮脇さんの紹介コーナーが作られている。

宮脇さんは中央公論社の編集者だった。仕事は忙しいし、当時はいまのように週休二日ではなかったから、鉄道旅は大変だったろう。

間藤駅滞在は五分ほど。すぐに折り返しの桐生行きに乗る。これを逃すと次の列車まで一時間待たなければならない。車内のアナウンスにあったように、駅のまわりには店らしい店はない。なんとか発車寸前の列車に乗ることができた。

わたらせ渓谷鐵道の駅は、もうひとつ、最近の映画に登場する。昨年公開された西川美和監督の『永い言い訳』。

バスの事故で妻を亡くした男（本木雅弘）は、同じ事故でやはり妻を亡くしたトラックの運転手（竹原ピストル）と親しくなる。あるとき、運転手は田舎で事故を起こす。男は現地の警察署を訪ねる。帰り、ローカル鉄道の駅から列車に乗る。

この駅が、わたらせ渓谷鐵道のほぼ中央にある神戸《ごうど》駅（大正元年開設。当初は神土《ごうど》）。山間の小さな駅で、駅舎は瓦屋根。ここも開業当時のままだろう。駅前に店らしい店はない。かわりに列車を改造したレストランがある。食堂車の雰囲気。

ここでは停車時間が十分ほどある。ホームに降りる。映画のなかでは、駅舎にそば屋があるのだが、車両アテンダントの女性に聞くと、撮影用に作ったもので、実際にはないそうだ。この女性は映画に詳しく、『海街diary』と『永い言い訳』のことだけではなく、足尾線時代に撮影された一九六五年の東宝映画、井上和男監督の『喜劇　各駅停車』のことも知っていた。森繁久彌が足尾線を走る蒸気機関車の機関士、三木のり平が機関助士を演じる。蒸気機関車がふんだんに登場する映画として鉄道ファンにはよく知られている。

桐生駅の手前に大間々《おおまま》駅（明治四十四年開設）がある。この鉄道の主要駅で駅員もいる。大間々は沿線の大きな町で、駅前には商店街がある。

ちなみにここは、みどり市になる。一般にはなじみがない。二〇〇六年に、大間々町、笠懸《かさかけ》町、東《あずま》村が合併して生まれた（いわゆる平成の大合併）。地図を見ると、みどり市は桐生市のあいだに入りこんでいる。したがって、右も左も桐生市になる。こういう形は珍しいのではないか。

駅前に昔ながらの食堂があった。有難い。しかも午後遅い時間なのに「準備中」ではなく、営業している。テーブルが五つほどのこぢんまりしたところ。客は地元の人が多いようだ。気のいいおかみさんが、てきぱき客をさばいている。

「赤城山」というコップ酒がある。それを燗にしてもらう。地元の酒だという。桜の咲く頃だが、まだ燗酒が身体を温めてくれる。メニューの品数はあまり多くないが、肴に頼んだ焼きそばがおいしい。

駅前食堂が次第に消えつつあるいま、きちんとこういう店が残っているのは、ほっとする。地元の人のあいだに他所者がひとり入っても違和感はない。

大間々の町は、足尾銅山の銅や、近隣農村の絹を運ぶ街道筋として発展してきたという。町を歩くと、酒蔵や醬油の醸造元が健在。大正時代は銀行だったというモダンな建物が博物館になっている。銭湯もある。案内板には男湯の絵は東京藝大の学生が描いたとある。こういう銭湯が健在なのもいい。

駅の近くに図書館があった。

いつものように、自分の本があるかどうか検索してみた。小さな町の小さな図書館だから期待していなかったのだが、『荷風と東京』をはじめ三十九冊あった。いい町！

大間々の商店街を南に下ると、赤城駅に着く。上毛電鉄と東武桐生線の駅（東武桐生線の終着駅になる）。先月歩いた桐生の町がよかったので、上毛電鉄に乗って桐生に行く。

終点の西桐生駅で降りる。前回書いたが、駅舎はマンサード屋根のモダンな建物（昭和三年開設）。絹織物で栄えた町だから、こういう素晴らしい駅舎が建てられたのだろう。

町を歩いていると、あちこちに篠原涼子のポスターがある。この町の出身で、観光大使を務めているという。講談社の創業者、野間清治もこの町の出身。

戦前、昭和十三年に公開された『チョコレートと兵隊』（監督は、のちにドキュメンタリーを多く作る佐藤武）という映画がある。高峰秀子の子役時代の作品。長らくフィルムが行方不明になっていたが、二〇〇四年にアメリカのＵＣＬＡで見つかった。

同年、日本フィルムセンターで里帰りの上映がされた。見ると、この映画が桐生でロケされていた。印刷所で働く父親（藤原釜足）の楽しみは、二人の子どもと近所の女の子（高峰秀子）を連れて渡良瀬川に釣りに行くこと。釣りの場面で川の向うにトラス橋が見えるのが印象に残る。両毛線の鉄橋だろう。

父親に赤紙が来る。驚く場面がある。赤紙を受取った母親（沢村貞子）は一瞬、呆然とする。夫が兵隊に取られるのを喜んでいないことがわかる。日中戦争直後の映画である。普通なら「おめでとう」「お国のために戦って来てください」となる。ところが、この映画では妻が夫の出征を知って顔を曇らせる。

戦時中、よくこんな映画を作ることができた。木下惠介監督の『陸軍』で、田中絹代演じる母親が、出征してゆく息子を悲しそうに見送る場面が問題にされたことはよく知られるが、『陸軍』は昭和十九年の映画。『チョコレートと兵隊』は昭和十三年。この時点ではまだ多少の「自由」はあったのだろうか。

赤紙が来た父親は出征してゆく。桐生駅から両毛線の列車に乗る（下り、小山行き）。上の男の子が、父親と別れるのがつらくて一緒に乗り込み、途中の駅（小俣《おまた》駅）まで行く。

知る限り、両毛線が登場した最初の映画ではないだろうか。

この三月、葛飾区柴又に映画『男はつらいよ』の妹さくらの像ができた。

春の好日、それを見に行った。柴又駅前の小さな広場には以前から「フーテンの寅」の像が立っている。

例のトランクをさげ、これから京成電車に乗って旅立とうとしている。そこに妹さくらが追いかけてくる。寅は、振り返る。

その場面を想定した像なのに、「お兄ちゃん」と呼びかける、さくらの像がこれまでなかった。それでは寂しい、ということでさくら像が作られた。

評論家の亡き草森紳一さんは、寅が本当に好きだったのは実は、さくらだったという説を唱えられていたが、二人の像を見ると、その説もうなずける。

柴又にはこの三月、もうひとつ新しい便利な施設が加わった。

これまで柴又はホテルや旅館がないのが難だった（東京の杉並区から柴又に行くにも、一日がかりになる）。それを解消するため、三月に四階建ての宿泊施設「Shibamata FU-TEN Bed and Local」がオープンした。

葛飾区の職員寮を改装したものだという。

これでゆっくり柴又へ「旅」ができる。

（「東京人」二〇一七年六月号）

駅を追いかけて信濃路へ。

連休明け、久しぶりに軽井沢に行った。

新幹線でまっすぐ軽井沢まで行くのもつまらないので、高崎まで行って、そこで在来線（信越本線）に乗り換え、安中、磯部を経て終点の横川へ。横川からはバスで軽井沢へ向かう。

新幹線が開通すると在来線はJRの手を離れ、第三セクターになる。一九九七年に長野新幹線ができたとき、信越本線の一部が第三セクターとなった。軽井沢―篠ノ井間のしなの鉄道（二〇一五年に長野新幹線が金沢まで延長し、北陸新幹線になると、しなの鉄道は、さらに妙高高原までに）。

そればかりではない。新幹線ができたことで、群馬県の横川と長野県の軽井沢の間（碓氷峠）がなんと廃線になってしまった。かつての幹線鉄道である信越本線は二つに分断されてしまった。こんな不幸な例はめずらしい。

終点の横川駅で降りる。小さな駅舎は昔のまま。駅に隣接するように「碓氷峠鉄道文化むら」が作られ、蒸気機関車やアプト式のレールなどが保存されている。

一九九七年の九月、横川―軽井沢間廃止直前に、月刊誌「旅」の仕事で横川に行った。そのときは、妙義山を眺める山間の小駅は鉄道ファンでごった返していたが、それから二十年。横川駅で降りた乗客は十人足らず。町は静かで、一人旅には有難い。いまも盛業の荻野屋の「峠の釜めし」を昼食用に買い求める。

バスは一時間に一本の割合で出ている。軽井沢まで約三十分。碓氷峠を越える。新緑が鮮やか。緑を浴びるように走る。

軽井沢駅は新幹線の開業と共に新しい橋上駅になっている。それでも、大都市の新幹線の駅に比べると、ずっと小ぶりでローカル線の味わいがある。

洋館の別荘のような旧駅舎は、名建築として知られた（明治四十三年建設）。現在「（旧）軽井沢駅舎記念館」になっている。

三月に閉館になったが、いずれ、しなの鉄道の軽井沢駅の一部として再利用されるという。いいことだ。

軽井沢駅から、しなの鉄道の二両の電車に乗る。平日の昼前、車両は空いている。ボックスシートがあるのが有難い。出発前に釜めし弁当を食べる。

走り出してすぐ、次の駅、中軽井沢駅に着く。以前の沓掛《くつかけ》駅。今回、軽井沢に来たのは、中軽井沢駅と、その隣の信濃追分《しなのおいわけ》駅の現状を見たかったから。

いま『あの映画に、この鉄道』（キネマ旬報社）という本を書いている。中軽井沢駅は、木下恵介監督の昭和三十四年の作品、久我美子、高橋貞二主演の『今日もまたかくてありなん』に、また信濃追分駅は、中川信夫監督の昭和二十六年の作品、香川京子、水島道太郎主演の『高原の駅よさようなら』に登場している。

いずれも五十年以上も前の映画だから、駅の姿は当然、変わっているだろう。それを確認したい。まず、中軽井沢駅の変わりように驚く。『今日もまたかくてありなん』（ちなみに題名は島崎藤村の詩「千曲川旅情の歌」から取られている）では、島式ホームがひとつと木造駅舎のローカル駅だった。それが第三セクターになって相対式ホームの橋上駅になっている。しかも、駅舎には軽井沢町の町立図書館が併設されている。駅の周囲にも、新しい住宅街ができている。

その様変わりに驚く。それでも町に大きな建物はないし、個人商店が並ぶ商店街も健在。荒物屋があるなど昭和三十年代の面影を残している。

軽井沢といっても、旧軽井沢のあたりとはまったく違う。観光地化されていない。『今日もまたかくてありなん』では、久我美子演じる主人公の実家は、中軽井沢の町で雑貨屋を営んでいたが、いまでもこのあたりには地元の人間が多いのではないか。

中軽井沢駅からまた、しなの鉄道に乗って次の信濃追分駅で降りる。

降りてみて驚いた。中軽井沢駅と対照的で、映画『高原の駅よさようなら』のなかのまま。相対式ホームに木造駅舎。駅は大正十二年の開設だが、駅舎は当時のものではないか。

映画のなかでは、香川京子が東京に帰る恋人の水島道太郎をこの駅で見送る。現在も、駅周辺に大きな建物はないし、店も少ない。ひなびたよさがある。ホームの目の前には、林の上に顔を出すように浅間山が見える。「高原の駅」というように、海抜千メートルほどのところに位置する。

ホームを歩くと、駅名標のそばに手づくりの木板がある。よく見ると「夢はいつもかへつて行った　山の麓のさびしい村に」と立原道造の詩「のちのおもひに」が書かれている。手づくりのもの。駅員が作ったのだろうか。

若くして逝った立原道造は、師の堀辰雄に倣い追分に行くようになり、その「さびしい村」を愛した。

立原道造（一九一四—三九）は東大建築科で学び、建築家を志した。ただ二十四歳で亡くなったため、実現した建物はない。スケッチや透視図を手がかりに、その夢を追うしかない。

昨年、出版された三十代の建築家、種田元晴の書いた『立原道造の夢みた建築』（鹿島出版会、二〇一六年）は、建築家としての立原道造を論じた好著だが、著者を惹きつけた立原のスケッチ「浅間山麓の小学校」は、信濃追分を想定して描かれているという。

また卒業設計の「浅間山麓に位する芸術家コロニイの建築群」も信濃追分に作ることを夢見た。

東京の日本橋に生まれ育った立原道造だが、東京っ子にもかかわらず、信濃追分の「村」「田園」を愛してやまなかったという。


「追分」の名は、中山道と北国街道の分かれ道だったためにつけられた。江戸時代は宿場町として栄えた。当時は、軽井沢よりも、沓掛（中軽井沢）よりもにぎやかだったという。

その追分宿は、信濃追分駅から歩いて三十分ほどのところにある。林のなかの道を抜けてゆく。別荘が見えてくる。空家になってしまったところもある。これも高齢化社会ゆえか。

車の行き交う国道の傍らに、バイパスのように追分宿の通りがある。堀辰雄が愛した旅館、「油屋」はここにあった。追分宿郷土館、堀辰雄文学記念館を見たあと、街道から少し奥に入った林のなかにある「シャーロック・ホームズ像」を見に行く。三年ほど前、「信濃毎日新聞」にエッセイの連載をしていたときに、見に来たことがある。

しんとした森のなかに、パイプを持ちマントを着たホームズの立像がある。人知れずの感がある。

なぜ追分にホームズ像があるのか。これについては、昨年亡くなった近藤富枝さんが『信濃追分文学譜』（中央公論社、一九九〇年）で書いている。

ホームズの翻訳で知られる延原謙《のぶはらけん》（一八九二―一九七七）が、追分に別荘を持ち、この地でホームズ全集の全訳をしたからという。一九八八年に「ホームズを愛する有志」によって建てられた。近藤富枝さんは、その除幕式に東京からわざわざ出かけた。出席者は「十九世紀の仮装をしてきてください」と主催者に言われ、近藤さんは「バッスル・スタイルのドレス」を着てゆこうとしたという（結局は、取りやめたが）。

近藤さんは『信濃追分文学譜』のなかで、もうひとつ興味深いことを書いている。ホームズ像のある場所は、江戸時代、処刑場があったところだという。

幕末に相楽総三《さがらそうぞう》率いる赤報隊《せきほうたい》という官軍の先鋒隊が、官軍上層部に利用され、最後は「偽官軍」として捕えられ、処刑される悲劇が起きた。長谷川伸の『相楽総三とその同志』で知られる。近藤富枝さんによれば、同志のうち三人がここで処刑されたという。

ホームズ像がある林が、しいんと静まりかえっていたのは、そのためだったかもしれない。

永井荷風が『断腸亭日乗』を書き始めたのは大正六年（一九一七）九月十六日のこと。つまり、今年、二〇一七年は「『断腸亭日乗』起筆百年」の記念の年になる。

荷風をよく顕彰している終焉の地、千葉県の市川市では、秋に「永井荷風展」を開催することになり、その手伝いをすることになった。

そのためもあって、ここのところ折りを見ては荷風を読み返している。

『濹東綺譚』のなかで、「わたくし」が玉の井の私娼、お雪にはじめて会うとき、お雪は「ぢゃ、よくって。すぐ、そこ」と言う。

「よくって」に注目したい。

明治の女学生が好んで使った、いわゆる「てよだわ」言葉。夏目漱石『三四郎』の新しい女、里見美禰子がさかんに「よくってよ」と言う。森鷗外『雁』のお玉も父親相手に、「わたくしびっくりしてよ」「わたくしきょうはもう帰ってよ」と言っている。

明治になって女学生が使いはじめ、次第にそれが広まっていった。古い世代の幸田露伴などは、娘の文が、この流行語を使うと怒ったという。

『濹東綺譚』では、昭和十年代の玉の井の私娼が「よくってよ」と言う。若い女性にとっては、もう普通の言葉になっている。

――そう思い込んでいたのだが、お雪が「よくって」と言うのは、第一期の岩波書店版『荷風全集』第九巻（昭和三十九年）の『濹東綺譚』と、岩波文庫版の『濹東綺譚』であって、昭和十二年に岩波書店から出版された単行本の『濹東綺譚』と、第三期の岩波書店版『荷風全集』（一九九四年）では、お雪は「すみません。すぐそこです」と言っている。

「朝日新聞」連載時は「ぢゃ、よくって」となっていた。荷風は、お雪が明治の女学生言葉を使うのは、おかしいと思って、単行本を出すにあたって変えたのだろうか。

お雪には、「ぢゃ、よくって」のほうが可愛くていいと思うのだが。

（「東京人」二〇一七年七月号）

鉄道駅を中心に町が広がる。

五月から六月、毎年、この季節になると、水戸と郡山を結ぶ水郡線《すいぐんせん》に乗りにゆく。田植えを終えたばかりの水田の風景を見るため。水郡線ではなく、ひそかに水田線と名付けている。

この鉄道の沿線は、昔ながらの田舎の風景を残していて、車窓からの水田風景が素晴らしい。水郡線は、法令上は水戸と、郡山のひとつ手前（上野寄り）の東北本線、安積永盛《あさかながもり》を結んでいるが、実際にはすべての列車は郡山までゆく。

この鉄道には特急がない。各駅停車だけ。ゆっくりと車窓風景を楽しめる。

六月はじめの日曜日、水戸から三両の気動車に乗った。休日なので行楽客でかなり混んでいる。幸い四人掛けの窓側に座れる。

発車してまもなく、田植えが終わったばかりの水田の風景になる。これを見るのが、毎年、この時期の楽しみ。恒例になっている。

列車は久慈川に沿って走る。アユが解禁になったのだろう、川には釣り人が多い。

水戸から一時間半ほどで主要駅の常陸大子《ひたちだいご》に着く。乗客の大半はここで降りる。三両のうち、うしろの一両が切り離しになる。

常陸大子は昭和の懐かしさを残す小さないい町で、これまで何度も歩いている。今回はこの先に行く。前から気になっている町がある。列車から眺めると、スモールタウンの良さがある。福島県の塙町《はなわまち》。

常陸大子を過ぎると、茨城県から福島県に入る。矢祭山《やまつりやま》、東館《ひがしだて》と、次第に水田風景が広まっていく。やがて磐城塙《いわきはなわ》駅に着く。昭和六年の開業。この駅の駅舎は、木造でログハウスのよう。一九九三年に新しく建てられた。以前から、気になっていたのだが、通過するだけで降りたことがなかった。今回、はじめて降りた。

駅舎は、キノコの傘のような屋根が七つほど付いたユニークな形をしている。駅のほかにコミュニティプラザ、図書館、喫茶店などが併設されている。町の人の憩いの場になっている。町の中心が、車のための道の駅へと移っている時代にあって、昔ながらに鉄道の駅を大事にしている。

人口減少の時代、コンパクト・シティの重要さが言われるが、こぢんまりとした機能的な町の中心には、鉄道の駅があってほしい。

駅舎のなかには観光案内所もあって、日曜日なのに女性たちがいて、親切に応対してくれる。観光パンフレットも充実している。町のやる気を感じさせる。

駅舎が木造りであることからわかるように塙町は、林業の町。町の面積の八〇パーセントが森林という。現在は花作りも盛んで「ダリアの町」として知られている。これまで、日本各地の町を歩いてきたが、いい町というのはたいていい地場産業がしっかりしている。

駅を出て町を歩く。歩き出したとたん、いい町だと予感した。鉄道の駅前はさびれてしまっているところが多いが、この町は並木道沿いに商店が並んでいる。さらに鉄道に沿うように旧道があり、そこが昔ながらの商店街になっている。

人口は最盛期には一万六千人ほどあったが、現在は九千人ほど。これはもう日本全体のことなので過疎と嘆いても仕方がない。鉄道の駅を中心にどうコンパクト・シティをつくってゆくかが大事だろう。

商店街には、呉服屋がある。旅館がある。金物屋がある。昭和モダンの洋館もある。信用金庫の建物は、瓦屋根の和風。リニューアルしたのだろう。

材木が豊富だったから江戸時代は天領。代官所跡がある。歴史がある。いい町のもうひとつの条件は、歴史のストックがあることだろう。

けばけばしい看板がないのもいい。大きなスーパーが二軒ある。総合病院もある。距離があって行けなかったが「木の博物館」もあるようだ。自分の町の歴史を大事にしている。

小さな町なので一時間ほど歩くと、ほぼ商店街はまわれる。正直、水郡線の常陸大子の先に、こんないい町があるとは知らなかった。

昼過ぎ、食事をしようと思い、店を探し始めてこれも驚いた。日曜日の午後、小さな町に、飲食店が予想以上に多く目につく。

そば屋、小料理屋、天ぷら屋、中華料理店。普通、ローカル線沿いの小さな町では、食事するところがなく困ってしまうのだが、この町は、どこに入ったらいいか迷ってしまうほど多い。

結局、国道沿いのラーメン店に入ったのだが、ここが、しゃれた店だった。ジャズが流れ、アンディ・ウォーホルの写真が飾ってある。ラーメンを頼むと、突出しが出た。だしをとるために使った鶏がらを捨てずに、味をつけて煮込んだもの。ラーメン店で、こんな気の利いたものを見るのは、はじめて。もちろん、ラーメンもおいしかった。

帰り、郡山行きの列車を待つあいだ、駅舎のなかの図書館に寄ってみた。

残念ながら私の本は置いていなかったが、検索してみると、以前、翻訳した絵本が三冊、置いてあった。館内には、子どもたちが多く、子どもを大事にしている図書館のようだった。

水郡線は御多分に洩れず、本数が少ないので途中下車すると次の列車まで苦労するが、それでも、なんとか塙の先の磐城棚倉、磐城石川で途中下車し、駅前を少し歩いてから夕方、郡山に着いた。

郡山では、いつも立ち寄る居酒屋がある。

駅前のYという店。いつ行っても混んでいる人気店。カウンターもあるので一人客も入りやすい。

この店が好きなのは、鯉があるため。

鯉の洗いはもちろんのこと、鯉のなめろうという珍しいものもある（普通は、鯵のなめろう）。この店でしか知らない。

「ふだんは忘れているが、思い出すと急に食べたくなる食べ物というものが誰にでもある」「私の場合は、（それは）鯉」。

二〇一一年に出版した拙著『君のいない食卓』（新潮社）にそう書いた。

戦後の貧しい時代に育った人間にとって、鯉は御馳走だった。たまにしか食べられなかった。それも、次第に東京では、食べられなくなった。

いま、かろうじて東京で鯉が食べられる店は、赤羽の人気居酒屋、まるます家。鯉の洗いと鯉こくがあるので、たまに鯉を食べたくなると、この店に行く。あと、東京だと、『男はつらいよ』で知られる葛飾柴又にある料理店の川千家《かわちや》。

先だって、渥美清演じる寅が歩いた土地を巡る旅のエッセイ『「男はつらいよ」を旅する』(新潮社)を出した。北海道から沖縄まで旅した。

思い出に残る旅先のひとつに、長野県の上田がある。新潮社出版部のKさん、「新潮45」編集部(当時)のHさんと、信州(木曽路)の取材を終えて、夜、上田にたどり着いた。

ホテルに旅装を解き、町に繰り出した。

鯉料理屋があった。ためらわずに入った。信州のこのあたりは、「佐久の鯉」が名物。

これは、拙著『君のいない食卓』に書いたことなのだが、私が鯉を好きになったのは、信州と縁がある。子どもの頃、つまり、戦後の食糧難の時代、母は、あるとき、幼い私を連れて信州の親戚の家へ買出しに行った。その家で、鯉を御馳走になった。それが子ども心にも、本当においしいと思われたらしく、以来、私の鯉好きが始まったようなのだ。

『男はつらいよ』の旅では、別のとき、やはりKさんと、第四十二作『男はつらいよ ぼくの伯父さん』(一九八九年)のロケ地、佐賀県の小城《おぎ》に行った。後藤久美子演じる女子学生がこの町の高校に転校する。甥の満男、吉岡秀隆が彼女を追って小城に来る。

この町も、鉄道の駅によってつくられている。唐津線の小城駅(明治三十六年開設)を中心に、いまも昔ながらの町の姿を残している。

いい町だった。

ここも、羊羹という地場産業がある（産業というほど大規模ではないかもしれないが）。

さらに、これは小城に行って知ったことだが、この町は、中林梧竹《ごちく》（一八二七〜一九一三）という書家の出身地で、記念館があるだけではなく、商店の看板や神社の扁額などの字は梧竹が書いたものになっていた。

羊羹（地場産業）と歴史、文化（梧竹）がこの小さな町を支えている。

もうひとつ。これは、時間の余裕がなくて車で通るだけに終ってしまったのだが、小城には、もうひとつ名物があった。

郊外に鯉料理屋が何軒も並ぶ一画がある！　こういう光景は、はじめて見た。いつか、食べに行ってみたい。

結婚して長く杉並区の浜田山に住んでいた。井の頭線の浜田山駅の北側。駅から歩いて十分足らずのところにあるマンション。

二〇〇八年に家内に先立たれ、一人暮らしになってから、現在の、同じ杉並区の成田東の小さなマンションに移った。

そのために、浜田山の町とは以前ほど縁はなくなってしまったのだが、それでも好きな店が何軒かあって時折り、出かけてゆく。

床屋、肉屋、魚屋、そして豆腐屋。

どの店も個人商店。町のアイデンティティ（その町らしさ）をつくるのは、商店街、とりわけ個人商店だと思う。何度もその店に通ううちに、それが大仰に言えば歴史になる。地場産業の役割も果たしている。

とくにKという豆腐屋がいい店。若主人をはじめ、家族で切りまわしている。皆さん、元気がいい。店には「とうふや」と平仮名で書かれた看板が掲げられている。「子どもが書いたんですよ」と若主人はうれしそうだった。

そのK豆腐店が、先月、なくなってしまった。ななめ前の床屋に行ったときに、店があったところが更地になっているので驚いた。

このあいだまで若主人は元気な姿を見せていたのに。どんな事情があったのだろう。

以前、「いい町の条件」として「豆腐屋、銭湯、古本屋」があることを挙げた。浜田山に住んでいた頃、町にはこの三つが健在だったから。いま、三つとも消えてしまった。


（「東京人」二〇一七年八月号）

苗　栗《ミャオリー》の食堂を再訪。

五月に四泊五日で台湾に出かけた。

ここ三年、年に一度、台湾に行くのが恒例になっている。今回も楽しい旅になった。

台北駅近くのビジネスホテルに宿をとり、そこを基点に各所に出かける。同行は親しくしている編集者のKさんとTさん。それに台湾の翻訳家で、昨年、拙著『いまむかし東京町歩き』（毎日新聞社、二〇一二年）を翻訳してくれた黄碧君さん（愛称エリー）。彼女が通訳をしてくれるので心強い。

台湾で好きなところは、格別の観光地でもない地方の町。名所はないかもしれないが、日々の暮しが感じられる。昔ながらの落着いた町並みが残っている。

今回まず行ったのは、台北の南にある苗　栗《ミャオリー》。在来線（台湾鉄道／台鉄）の駅の周辺に、いくつも商店街が広がる。高い建物は少ない。個人商店が多く並ぶ商店街は、どこか昭和三十年代の日本の地方都市を思い出させる。鉄道の駅が町の中心になっている。

二年前に、はじめて行って、そのありふれた風景が気に入ってしまった。とくに、たまたま入った小さな食堂がよく、忘れられない思い出になった。

昨年公開された台湾の青春映画『若葉のころ』（ジョウ・グータイ監督）の十七歳の少女（ルゥル

ゥ・チェン。ショートヘアが可愛い！）が通っている学校は、苗栗で撮影されていると知って、いっそうこの町に親しみを覚えた。もっともあとで台北の知人に「苗栗はいい町だ」と言うと、「えっ、どこが」と驚かれたが。それほど普通の町。

苗栗駅の西口に、鉄道の路線に沿って「苗栗鉄道文物展示館」がある。大きなテントのような天井の付いた敷地のなかに、日本統治時代の蒸気機関車や、サトウキビの運搬に使われた小型蒸気機関車が静態保存されている。鉄道遺産を大事にしている。

台湾のいいところは、鉄道が現在もしっかりと機能していること、鉄道文化が豊かなことだろう。敷地内に、転車台が残されているところを見ると、蒸気機関車時代に操車場があったところらしい。そこを博物館にしている。といってもご大層なものではなく、そもそも受付もなければ人もいない。道を歩いていると、そのまま古い蒸気機関車にぶつかる。なんだかのんびりしている。

商店街を歩く。駅から十分足らずのところに二年前に行った食堂がある。テーブル席が五つほどの小さな店。町の定食屋といった雰囲気。そこで昼食。とろみのあるスープに、イカ、魚のフライなどが入っている麺がおいしい。

食事の後、エリーさんに、「われわれは二年前にも来た。おいしかったのでまた来た」と、おかみさんに伝えてもらうと、それまで引きも切らない客で大忙しのおかみさんが急に「覚えている、覚えている」と笑顔になった。

苗栗がまた好きになる。

台湾は家族で切りまわしている小さな食堂が安くておいしい。一夜、台中に泊ったとき、夕食を食べようと町じゅうあちこち探しまわり、一時間ほど歩いたあと、結局、最後は、台中駅前（ホテルの前でもある）の食堂に落着いた。これが正解だった。台湾での食事は町の食堂に限る。

台中に一泊したあと、古い町並みが数多く残っていることで知られる西海岸の鹿港《ルーガン》に行ったが、そこでも昼食に入った食堂で食べたシャコの唐揚げがおいしかった。鹿港の名物だという。

台湾に興味を持つようになったのは、八〇年代から九〇年代にかけて侯孝賢《ホウシヤオシエン》の映画が次々に日本で公開されてから。

そのうちの一本、『冬冬《トントン》の夏休み』（一九八四年。日本公開は一九九〇年）は、苗栗周辺でロケされている。

その夏、台北の小学校を卒業した冬冬は（台湾ではアメリカと同じように夏に学年が変わる）、夏休みに、妹と一緒に田舎で医院を開いている祖父のところに遊びに行く。祖父の家は銅鑼《トンロウ》にある。

台鉄苗栗駅から南に二つ目が銅鑼の駅。ちょうど列車が出たばかりだったので、タクシーに乗って行くことにする。

「銅鑼車站」はコンクリート平屋の小さな駅舎。苗栗よりずっと小さい。日本のローカル鉄道の駅と変らない。駅舎があり、待合室があり、改札口の先はすぐホームになっている。好きでよく乗りに行く水郡線の常陸大子駅と雰囲気が似ている。

駅前には小さな円い広場がある。『冬冬の夏休み』では、駅を降りた冬冬が、この広場で、町の子どもたちと遊ぶ。広場の様子は撮影時から三十年以上たっているが、現在もさほど変っていないようだ。

ここも駅を中心に個人商店の並ぶ商店街がある。高い建物はない。大きなスイカを並べている八百屋、雑貨屋、食堂、バイク屋などが続いている。建物は古く、「老街」を謳っている。商店街の先には廟もある。教会もある。驚いたのは、駅の近くの横丁の正面に、撮影に使われた主人公（冬冬）の祖父の医院の建物が、当時のままに残っていたこと。

日本統治時代の建物だろう。瓦屋根の洋館。正門に車寄せが付いているのがモダン。

この家は『冬冬の夏休み』の脚本を書いた女性、朱天文《チューティエンウエン》の母方の祖父の家で、そこを撮影に使ったという。映画に出てきた古い柱時計も、手動の蓄音機も、祖父が冬冬に聴かせるスッペの「詩人と農夫」のレコードも、そして日本間もすべて本物だそうだ。昭和初期のモダニズムが、いまも台湾の小さな町にひっそりと残っている。

銅鑼の駅から台中に向かう列車のなかで、ちょっと驚いたことがあった。混んでいたのでわれわれは立っていた。と、席（ロングシート）に座っていた若い女性が、私に席を譲ってくれた！　東京ではまだこんな経験はない。「そんなに年寄りに見えたのかなあ」とあとで嘆くと、エリーさんが「台湾では、年長者に席を譲るのは普通のことなんです」と慰めてくれた。台湾の人は優しい。

次の日、台中から鹿港までバスで行ったのだが、車内は途中から混んできた。老夫婦が乗ってきた。席を譲った。「おれはまだ若い」と言い聞かせた。

台北に戻って、一日、台北の町を一望できる象山に登った。標高二〇〇メートルほど。長い、長い石段が続く。七十歳を過ぎた人間にはこれを登るのはひと苦労で、三人に大きく遅れをとってしまった。それでもなんとか登りきり、台北の町を一望できたのは気持ちがよかった。目の前に台北のランドマーク、「台北１０１」の大きなろうそくのような建物が見えた。

象山を下り、地下鉄の象山駅に向かう一角は、新しい高級マンションが建ち並ぶ。台北のなかでもとりわけ金持ちが住む地域という。

その一角の緑地で、われわれは何をしたかというと、持ってきた弁当を開いた。

台湾は駅弁がおいしい。これも鉄道文化の豊かさのあらわれ。その朝、台北駅で、昼に象山で食べようと駅弁を買っておいた。ところが象山は人が多く、ゆっくりできる場所がない。そこで高級マンション街の緑地で駅弁を開くことになった。こんなことをしたのはわれわれしかいないのではないか。ちょっとしたピクニック気分で、駅弁は申し分なくおいしかった。台湾の駅弁は、たいていご飯の上に肉や野菜がのっていて、ご飯に味が沁みこんでいる。日本の幕の内弁当のように、ご飯とおかずが分かれていない。


この日、象山に行く前に、面白いイベントを見た。

華山文創園区「華山１９１４」という文化公園がある。日本統治時代の大正三年（一九一四）に建てられた酒の工場を文化施設に再生した。書店、ギフトショップ、ギャラリーなどおしゃれな店が点在し、若者たちの人気の場所になっている。

ここで「渡辺直美展」が開かれている。日本で大活躍している太っちょのタレント。テレビをつけるとどこかに出ている。最近ようやく名前と顔が一致した。

丸々として、ぬいぐるみのように可愛い。化粧、髪型、衣裳がポップで、意表を突く。フェリーニの映画に必ず登場する太った女性のよう。私などの世代では、六〇年代に活躍したアメリカのロック・グループ、ママス&パパスの太っちょのディーバ、ママ・キャスを思い出させる。

渡辺直美が自分でデザインしたさまざまなグッズや衣裳、写真が展示されている。彼女のドールハウスのような家を訪れた気分になる。

渡辺直美の母親は台湾人だという。それもあっていま台湾でも大人気になっている。ここにもいい日台交流がある。


台湾が自分にとって身近に感じられるようになったのは、二〇一一年に拙著『マイ・バック・ページ』が台湾の新経典文化という出版社で翻訳出版されたのがきっかけ。それを機に二〇一五年に台北に行き、新経典文化をはじめ、出版社の編集者、作家、大学の先生たちと知り合い、交流を深めるようになった。それまでは通りいっぺんの観光だったが、彼らと知り合うことで、台湾の歴史、政治、文化に以前より興味を持つようになった。

今回、一夕、新経典の人たち（社長の葉美瑤さんをはじめ、編集の梁心愉さん、陳柏昌さん、王琦柔さん）が、台北の特色ある書店、水牛書店のなかの一角で食事会を開いてくれた。

台湾大学の社会学の先生、李明璁さんとは一年ぶりの再会を祝した。いつ会ってもポップなミュージシャンのようなファッションで、とても大学の先生には見えないのが愉快。

水牛書店の羅文嘉さんは学生時代に民主化運動の闘士だったという。奥様の劉昭儀さんがレストランを切り回している。また食についての本を書いている女性の米果さん、ご夫婦で食や旅の本を書いている工頭堅さんと林凱洛さんが参加してくれた。

今回は、新経典文化が拙著『君のいない食卓』（新潮社、二〇一一年）を翻訳出版（『少了你的餐卓』）してくれたので、夕食の席では、食の話で盛り上がる。

皆さん、日本のことをよく知っているのにうれしく驚かされる。

李先生は、毎年のように日本でのロック・フェスティバルにやってくる。工頭堅さんと林凱洛さんは日本の地方をよく旅していて、瀬戸内海の島が好きだという。米果さんは日本の居酒屋に興味を持っている。

また、あとで知って驚いたが新経典文化の社長の葉美瑤さんは、なんと『男はつらいよ』の舞台、葛飾柴又に行ったことがあるという。うれしくなる。

そして、いちばんうれしいのは、皆さんが私の本を熱心に読んでくれていること。台湾で自分の本が読まれるとは、夢にも思っていなかった。七十歳を過ぎた独居高齢者にとって、いまこのことが心の支えになっている。

（「東京人」二〇一七年九月号）

「近鉄《ちかてつ》」、市川大門を歩く。

「乗り鉄」ならぬ「近鉄《ちかてつ》」という言葉がある。近場のローカル線に乗ることを楽しみにする。東京の人間だと、例えば、水郡線、小湊鉄道、八高線、秩父鉄道、御殿場線などに乗りに行く。日帰りで行ける。

「近鉄」のひとりとして好きな近場のローカル線にJRの身延線がある。静岡県の富士と山梨県の甲府を結ぶ。昭和三年に全通した。杉並区のわが家からだと中央本線で甲府に出て、そこから乗ることが多い。ちなみに富士行きが上り、甲府行きが下り。

沿線には、日蓮宗の総本山、身延山久遠寺や、井伏鱒二が愛した下部温泉などがあるが、けっして観光路線ではない。落着いた生活列車。最近はやりのイベント列車や豪華列車にはなんの関心もない人間には、その普通なところが魅力。

八月の平日、甲府から身延線に乗った。この路線は開業時から電化されている。二両の電車は案外、混んでいる。乗客はほとんどが沿線住人だろう。夏休みのためか子どもも乗っていてにぎやか。本数は多いので、とくに時間に制約されないで乗ることができる。

沿線の好きな町に市川大門がある（現在、市川三郷《みさと》町内）。和紙と花火の里として知られる。鉄道の駅があって、そこを中心に商店街が広がっている。もっとも好きな町の形。

甲府から市川大門までは一時間足らず。町なかを走っていた列車は笛吹川（下流は富士川）の鉄橋を渡ると、やがて市川大門駅（昭和二年開設）に着く。身延線の主要駅。

駅舎が面白い。中国風の瓦屋根になっていて、廟のよう。和紙づくりで知られる町なので当然、書を大事にしている。町を見下す丘の上には、「大門碑林」という、中国の後漢から唐の時代の書家の碑を復元した公園がある（一九九四年に開園）。それに倣って駅舎も唐風にしたのだろう。こういう駅舎は珍しい。

駅を出て少し歩くと、鉄道に沿って商店街がある。それも大小、ふたつある。瓦屋根の商店、寺、蔵。教会もある。和紙の町らしく「二孝」という地元産の和紙や硯など書道用品の専門店がある。「文房四宝」（紙、墨、硯、筆）の世界が広がっている。ＩＴ時代になっても、こういう店が健在なのはうれしい。

十年ほど前、雑誌の仕事でこの町を取材したとき、昔ながらの手漉きの和紙の工房を訪ねた。そこでいい話を聞いた。この町の子どもたちは、小学校を卒業するとき、自分でそれぞれ和紙を作り、それを卒業証書にするという。町の伝統が子どもたちに伝えられている。

市川大門は花火づくりで知られる。武田信玄の時代。狼煙《のろし》として使われたのが始まりという。江戸時代に花火づくりが盛んになった。

花火は戦後の占領時代、ＧＨＱによって禁止された。そこで、この町の花火師たちが米軍に花火の良さを知ってもらおうと、隅田川で花火を打ち上げ、そこに連合国軍最高司令官マッカーサーの夫人を招待した。

夫人は花火の美しさに驚き、これがきっかけとなり、昭和二十三年に隅田川をはじめ各地の花火大会が復活していった。

夏の花火大会は一週間ほど前に終っていた。そのせいか、商店街は静か。ここも店仕舞いのところが何軒かある。それでも寿司屋やうなぎ屋、小料理屋などが健在。ラーメン屋もあったので、そこで昼にする。

商店街をさらに歩くと、造り酒屋がある。「二葉屋」。明治三十四年（一九〇一）の創業。以前、ここも取材した。看板や暖簾の字が、中村不折なのに驚いた。夏目漱石『吾輩は猫である』の挿絵で知られる画家であり、書家でもある。三鷹の禅林寺にある森鷗外の墓の「森林太郎墓」は中村不折の書。

今回、行ってみて驚いた。建物は健在だったが、店はもう営業していなかった。なんとか、建物だけでも保存してほしい。


町を歩いて家に帰ったら、偶然、市川大門に住む未知の人から郵便が届いていた。青柳拓さんという二十三歳の方からで、ビデオが入っている。日本映画学校でドキュメンタリーを学び、卒業に際して作った作品という。『ひいくんのあるく町』といい、町はなんと昼間歩いてきた市川大門だった。

すぐに見た。面白かった。「ひいくん」（現在、三十八歳）は障がい者だが、町を歩くのが好きで、いつも商店街を歩いている。時には商店に入って手伝いをしたり、老人たちのおしゃべりに加わる。「町長さんよりも有名人」と言われ、青柳さんも子どもの頃から知っていた。ただ、普段何をしている人か知らなかった。そこで、カメラを向けた。

「ひいくん」の実家は床屋だったが、父親が亡くなってから店を閉じた。いまは母親と姉、その小さな子ども（女の子）と四人で暮している。朝、福祉施設に行って五時間ほど手作業の仕事をする。午後、いったん家に帰ったあと、すぐに町に出る。

あちこちで声が掛かる。家に招き入れる人もいる。いつも笑顔を絶やさない「ひいくん」が町の人から愛されていることがわかる。

そのことに感動する。障がい者だからといって排除しない。当り前のようにわれらが隣人として受け入れている。話しかける。ちょっとした手伝いをすると礼をいう。「ひいくん」には、それがうれしい。一般に商店街では昔、子どもは家庭だけではなく、町全体で育てるものという暗黙の了解があった。この町には、そのいい習慣が残っているのだろう。

そういえば、昼に市川大門の駅で降りたとき、待合室を行ったり来たりしている気のよさそうな男性がいたが、あれは「ひいくん」だったのだろうか。

台北に「萬華《ばんか》」という地区がある。淡水河に沿った古い町で、台北で最も古い寺、龍山寺がある、いわば門前町であり、同時に歓楽街でもある。にぎやかな市場もある。東京でいえば浅草と歌舞伎町を合わせたような、聖と俗が混在する町。

台北はこの町から始まったという。もともとは、原住民の言葉で「小船」を意味する「艋舺《モンガ》」と呼ばれていたが、日本統治時代に「萬華」に変った。北に行けば、古い商家が並ぶので知られる迪《てき》化《か》街。最近出版された、八〇年代の台北に生きる少年たちを主人公にした東山彰良の『僕が殺した人と僕を殺した人』（文藝春秋）には、「萬華も迪化街も河口の交易で栄えた場所だけど、荒っぽいという意味では萬華のほうがうんと上だった」。

その八〇年代の「荒っぽい」萬華に生きる若者たちを描いた映画が、日本でも公開されたニウ・チェンザー監督の『モンガに散る』（二〇一〇年）。この映画で、萬華は広く日本で知られるようになった。

五月に台湾に行ったとき、台北在住の栖来《すみき》ひかりさんに萬華を案内してもらった。廟や寺、仏具屋がある一方で、かつて娼家があったと思われる古い路地がある。まさに「通り抜けられます」の看板があってもおかしくない迷路のような路地が続いている。抜けると市場がある。『モンガに散る』では、喧嘩に明け暮れる少年たちが、この路地を駆け抜けた。

現在は観光客が路地裏に入りこんでも、まったく危険を感じさせない。古い建物をリニューアルしておしゃれなカフェになっているところもある。以前は、娼婦の館だったらしい建物が、いまは旅館になっている。ロビーにエロティックな枕が展示されているのが愉快。

萬華を案内してくれた栖来ひかりさんは台北在住、十年ほどになる。町歩きが好きで、最近、台北の出版社から『在台灣尋找Y字路（台湾、Y字路さがし）』という本を出した。幸い日本語訳が付いていて読んだが、これが実に面白い。

「Y字路」とは文字どおり、道がY字形に分かれているところ。横尾忠則がそのたたずまいに惹かれて作品にしていったことで、この言葉が広がった。栖来さんは台湾にY字路が多いのに気づき、自分の足でひとつひとつ探し歩き、写真に撮り、文章を添えた。

Y字路には、さまざまな不定形な建物が建つ。極端に狭い三角形の角地だから、こんなところに人が住むのかと驚くような三角形の家が建っている。統治時代の古い日本家屋から最新のビルまで。あるいは「頂樓加蓋」と呼ばれる、次々に上へと建て増しされていった雑居ビル。

しかし、この本は、路上観察的に、見た目の風景の面白さだけを並べているわけではない。現在の風景の向うに、必ず、過去の歴史を見る。見える風景の背後に、見えない過去をあぶり出してゆく。日本統治時代、国民党による戒厳令時代。都市を通して見た台湾史になっている。

いまはなんでもない町角が、実は日本統治時代は刑務所があったところで、その建物を設計したのは、ジャズピアニストの山下洋輔の祖父、多くの刑務所を設計した建築家、山下啓次郎だった。

あるいは――、現在、町なかの公園になっているところが国民党時代の処刑場で、千人にのぼる政治犯がここで銃殺された。

そんな歴史がきちんとおさえられてゆく。のんきな散歩本になっていない。丹念に町を歩き、資料によく当っている。

そういえば、萬華を案内してもらったとき、栖来さんが、店の人たちと顔見知りで親しく話をするのに驚いたものだった。なんども訪れているのだろう。

そうやって栖来さんは現在の町をよく歩くと同時に、古い地図を参考にしながら、現在の町の向うに過去を見る。

「昔の地図と照らしあわせてY字路の成り立ちを知ることで、埋もれた物語が掘り起こせることを発見した」日から、Y字路探しに夢中になったという気持は、よく理解できる。町は表層だけではとらえられない。歴史と共にある。


（「東京人」二〇一七年十月号）

死者に対する敬意。

八月末、仙台に行った。

山形市在住の文芸評論家、池上冬樹さんは、山形市と仙台市で文学塾を開いている。昨年、山形市に呼ばれたのに続き、今年は、仙台市に呼ばれた。

池上冬樹さんから興味深い話を聞いた。

仙台も二〇一一年三月十一日の大震災で大きな被害を受けた。近親者を亡くした人も多い。そのためもあって、震災後、文学塾の受講者は大幅に減ったという。みんながつらい体験をしているときに、文学どころではない、という思いがあったのだろう。その気持はわかる気がする。

池上冬樹さんは、こんな話もしてくれた。

震災体験を詠んだ詩や短歌は多く作られているのに、小説は少ない。震災小説を書く人は、直接の体験者ではない場合が多い。実際にあの惨状を体験したら、そう容易に小説を書くことはできないだろう。

池上冬樹さんから、いい本を紹介された。

東北学院大学・震災の記録プロジェクト、金菱《かねびし》清（ゼミナール）編『呼び覚まされる 霊性の震災学　3・11生と死のはざまで』（新曜社）。昨年、出版され反響を呼んだ本だという。不明にして知らなかった。

仙台から東京に戻って、読んだ。人の生と死を深く考えさせる、とてもいい本だった。社会学者の金菱清ゼミで学ぶ学生たち（当時）が3・11の被災地を自分の足で歩き、その実情を丹念に報告している。

第一章（文、工藤優花）から心ゆさぶられる。

震災後、宮城県の石巻と気仙沼で、タクシードライバーが、幽霊を乗せた例がいくつか噂された。筆者は、そのドライバーたちに直接、会って話を聞く。

その年の六月ごろ、石巻駅近くで三十代くらいの女性を乗せた。初夏だというのにコートを着ている。津波の大きな被害を受け、その時点では更地になっている南浜まで行ってくれという。「コートは暑くないですか」とドライバーが聞くと「私は死んだのですか」と応えた。驚いたドライバーが振向くと、そこには誰もいなかった。

別の例。震災後、三年たった夏、深夜に小学生の女の子が乗ってきた。夏だというのにコートを着ている。「お母さんとお父さんは？」と聞くと、「ひとりぼっちなの」と答える。目的地に着くと「おじちゃんありがとう」と言って降りたとたん、姿が消えた。

そうした例が四例、紹介されている。一般の幽霊体験と違って、タクシーには走行記録がきちんと残っている。小学生の女の子を乗せたドライバーは、降りるときに手を取ってあげたという。

筆者は、そこから、彼らの体験は決して思い込みでも、つくりごとでもないと信じる。四例とも、乗った客は、突然、人生を断ち切られた若い人たち。「無念」の思いが強いのだろう。

この報告が感動的なのは、ドライバーたちが、死者たちに畏敬の念を持っていること。インタビューの際に筆者が「幽霊」と呼ぶと、「そんなふうに言うんじゃない！」と怒る人もいた。そして誰もが、恐怖を感じるどころか心象の良いこととして記憶している。だから、また同じことが起きたら、車に乗せると語る。

ドライバーたちは、匿名を希望する。いい加減なことを語っているからではない。自分だけの体験として、「(匿名だと) 私のなかで (霊に接したことを) 静かに大切にしまっていられる」から。タクシーに乗って来たのは、無念の死に遭った人たちの霊だと考えている。ドライバーも、そして筆者も、そう考える。

無論、そんな体験は、思い込みだと否定することは容易だろう。しかし、霊と信じ、畏敬の念を持つ。そうすることで、死者を身近に感じることができる。被災地には、そういう人がいる。

第二章 (文、菅原優) の慰霊碑をめぐる考察も目を開かされた。仙台の南に位置する名取市も津波の大きな被害を受けた。市内の閖上《ゆりあげ》地区では十四人の中学生が犠牲になった。

その年の十一月に遺族会が発足し、翌年の三月十一日に慰霊碑が作られた。普通、慰霊碑は、死者を悼む「追悼」と、災害の「教訓」のために作られることが多い。

閖上の慰霊碑は違った。「子どもたちが生きていた証しを残したい」という親の気持から作られた。「追悼」でも「教訓」でもなく「記憶」のための碑。

母親の一人はいう。「子どもと一緒に死んでやれず自分だけ生き残ってしまったから、何もせずには生きていられなかった。建てる前と建てた後では、気持ちが全然違った。建ててからはこの世にひとつ形を残したなということで自分の支えになった」。

ここでも不思議なことが起きている。碑ができた次の年の冬、慰霊碑の横に二、三十個のチューリップの球根が植えられた。翌年の五月、たくさん植えたはずのチューリップだが、亡くなった十四人の子どもの数と同じだけ花を咲かせたという。

霊の存在を信じたくなる。

確かに不自然かもしれない。思い込みかもしれない。しかし、死者とどこかでつながっていたいという、生き残った者の気持には、心うたれるものがある。

昭和十九年生まれの人間として、子どもの頃によく聞いた話を思い出す。

戦争が終ってまだ十年もたっていない頃だから、死者の記憶は鮮明だった。

よく聞いた、こんな話。息子を兵隊に取られた母親が、ある夜、玄関の戸を叩く音がするので、起きて行ってみると、兵隊服姿の息子が立っている。声を掛けると消えてしまった。

あとで息子の戦死の知らせが届いた。息子が死んだのは、あの夜のことだった。

現在では都市伝説とされてしまう話が、昭和二十年代、真剣に語られていた。子ども心にも、その話は、怖い話というよりも、死者への敬虔な思いのあらわれとして受けとめていた。

仙台の文学塾での対話で、たまたま話が昭和二十九年に公開された映画『ゴジラ』のことになった。かねての持論である、ゴジラは怪獣ではなく、戦争で亡くなった死者の霊である、という話をした。仙台の方には、わかっていただけたと思う。

『呼び覚まされる　霊性の震災学』には、他にも、心うたれる報告がいくつも掲載されている。残念ながらここでは、紙数の制限があるので全部を紹介できない。ぜひ、この本を読んでほしい。

前号で、「近鉄《ちかてつ》」という言葉を紹介した。

鉄道好きの「乗り鉄」の一種で、自分の住んでいる町の近くの鉄道、例えば、東京の人間なら、八高線や水郡線、小湊鉄道などに乗りに行く。

昔からある言葉だと思っていたら、なんと私の造語だと知った。そのことを、新潮社の元編集者で鉄道好きの田中比呂之《ひろし》さんに教えられた。田中さんは鉄道好きのあいだでバイブルになっている『日本鉄道旅行地図帳』（新潮社）を作った編集者。

あるとき、田中さんから原稿を依頼された。近場の鉄道に乗る楽しみについて書いた。そのなかで「近鉄《ちかてつ》」という言葉を使った。田中さんもはじめて知った言葉で、原稿のタイトルを「『近鉄』の楽しみ」としてくれた（別冊『旅』〈新潮社、二〇一二年〉）。

そのことを忘れていた。「近鉄」という言葉を作ったのは自分だったか。先だって、田中さんに指摘されて、思い出した。

長谷川利行という放浪の画家がいた（一八九一〜一九四〇）。

昭和のはじめ、東京の場末の町を歩き、町の風景をスケッチしていった。金はなく、木賃宿に泊り放浪生活をしながら、絵を描き続けた。

昭和二年に二科展で認められはしたものの経済的には苦しく、昭和十五年五月、荒川区三河島の路上で倒れ、板橋の養育院に運ばれ、そこで死去した（享年四十九歳）。末期の胃癌だったという。

東京の町、それも東東京の荒川放水路沿いや日暮里、尾久、町屋、三河島などの陋巷《ろうこう》をよく歩いたこの画家の絵が好きで、以前、長谷川利行の小伝を書いたことがある（『今日はお墓参り』〈平凡社、一九九九年〉）。

この八月に、京都市在住の長谷川公子さんという未知の方から、手紙をいただいた。誰だろうと、封を開くと、「長谷川利行の弟の孫」という方だった。放浪の画家の数少ない身内になる。

『今日はお墓参り』を読んで、私のことを知り、手紙をくださった。有難い。文章を書いていると、こういう縁が生まれるのだなと、不思議に思う。

長谷川利行が、板橋の養育院で死去したあと、身内が現れなかったので、高崎正男という利行の友人が遺骨を引き取り、保管した。高崎は、東京大空襲で家を焼かれたあとも、焼跡から骨片の混じった灰を拾い、それを戦後、大事に保管した。

高崎はその後、病没。夫人があとを継いで遺骨を守った。昭和四十五年になってようやく利行の姪と連絡が取れ、長谷川家の墓に納められた。

墓は京都府淀の妙教寺にある。『今日はお墓参り』を書くにあたって、妙教寺を訪ねた。手紙をくださった長谷川公子さんは、拙文を読んで私のことを知った。

こういうことがあるから、評論という他者のことを書く仕事をしている人間は、きちんとした文章を書かなければと思う。

「きちんとした」とは、死者に対する敬意を失わないことに他ならない。（「東京人」二〇一七年十一月号）

左沢《あてらざわ》線で訪ねるふたつの町。

左沢と書いて「あてらざわ」と読む。

山形駅から北西に走るＪＲの左沢線というローカル線がある。全長二六キロほどのミニ鉄道。この終点が左沢駅。ここで行きどまり。盲腸線である。山形から左沢までは約一時間。東京でいえば井の頭線のような規模になる。通勤、通学に利用されているので車両がロングシートなのが、旅行者としては寂しいところ。

左沢線にはじめて乗ったのは二〇〇八年。家内を亡くし、元気がなかった頃、旅雑誌の編集者が「気分を変えるために旅に出ませんか」と誘ってくれた。鉄道の旅をすれば元気になるかもしれない。旅先に選んだのが、まだ乗ったことのない左沢線だった。終点の左沢まで旅する。今年、リタイヤされたが、岩波書店の林建朗さんが左沢（町名は大江町）の出身で、この町のことをよく聞いていたため、親しみを持っていた。

左沢線は非電化で気動車が走る。山形駅を出てしばらくすると田園地帯で、田畑、果樹園が広がる。左沢駅の駅舎は名産品のラ・フランスを思わせるような形をしている。林さんにすすめられた駅前のそば屋で腹ごしらえをして町を歩いた。静かないい町だった。高い建物はない。派手な看板もガードレールもない。瓦屋根の古い町並みが残っている。

十分ほど歩くと、最上川に出る。草土手が堤防になっている。みごとな三連アーチの旧最上橋がある。江戸時代から舟運で栄えた町だという。あちこちに木造の重厚な建物が、いまも暮しのなかに残っている。フローの町、東京にはない、ストックの町の厚みである。

ＮＨＫの連続テレビ小説「おしん」で少女時代のおしんが、故郷の村から舟で町に働きに出る場面は、この近くの最上川で撮影されたと知った。また、『男はつらいよ』の渥美清演じる寅も、第十六作『葛飾立志篇』（一九七五年、樫山文枝、桜田淳子主演）で、この町を訪れ、最上川の渡しに乗っている。

そんなことから、この町が好きになり、そのあと何度か左沢線に乗ることになった。ただ左沢の町は小さいのでホテルがない。主要駅である寒河江《さがえ》駅で降り、駅前のホテルに泊ることになる。

寒河江市は人口四万人ほど。この町も素晴しい町で、一度で好きになった。駅前は整備されて、町並みはきれい。地方都市の駅前によくあるサラ金やカラオケの店の入った雑居ビルはない。そもそも大きなビルは少ない。一歩裏通りに入ると、個人で開いているこぶりの居酒屋がある。図書館もきちんとある。南に歩くと最上川、北に歩くと寒河江川が流れている。

寒河江駅のふたつ先（左沢側）の羽前高松駅で降りると、目の前に古刹、慈恩寺がある。同じ山形の寺でも山寺のように観光地化されておらず、山のなかにひっそりと隠れるようにある。慎ましい。山全体が神さびている。『葛飾立志篇』では、寅がこの寺を歩いた。

寅はある冬の寒い日、金もなく、腹をすかせて寒河江の食堂に飛び込んだ。そこで親切なおかみさんが、一文なしと知りながら温かい丼飯と豚汁を出してくれた。おかみさんが観音様のように見えたと、寅はとらやの面々に寒河江の思い出を語る。ちなみに修学旅行で東京に来て、とらやに寅を訪ねる寒河江の女学生が桜田淳子。このおかみさん（思い出で語られるだけで映画には登場しない）の娘という設定。

『葛飾立志篇』を見てから、いつか寒河江に行きたいと思っていた。二〇〇八年にはじめて左沢線に乗って、ようやく実現した。

いい町とは、観光以外に地場産業を持っていること。寒河江はなんといってもサクランボの町。バラの栽培でも知られる。もうひとつ、これはファッション評論の仕事をしていた亡き家内に教えられたことだが、寒河江にはファッション業界の人間なら誰でも知っている佐藤繊維という、ニナリッチやシャネルに素材を提供している高級ニット糸を作る会社がある。

町並みがきれいで落着いているのは、地場産業の豊かさゆえだろう。そんなことから左沢と並んで寒河江にも行くようになった。

八月に仙台に行ったときも、寒河江に立ち寄った。帰ってから、寒河江市に「ふるさと納税」をすることに決めた。

関西詩壇の重鎮だった杉山平一さん（一九一四〜二〇一二）は詩人であり、映画評論家だった。若い頃、「キネマ旬報」などで杉山さんの映画批評を愛読した。実は、杉山さんが詩人とはあとになって知った。

一九七五年に講談社現代新書で出版された『映画芸術への招待』は、いまでも手元に置いている。映画の本質を平明な言葉で語った名著だと思う。映画を語る若い人には、この本を読むようにすすめている。

杉山平一さんには、一九九五年の阪神・淡路大震災のあとに開かれた神戸映画祭で一度だけお会いしたことがある。大御所なのに尊大なところのない温厚な方だった。そのあと詩集を送っていただき、恐縮した。

映画とは窓だという杉山さんの考えに納得していた。われわれは風景を見るとき、窓という制約があるからこそ、その風景をより美しく見ることができる。

「Bookish」というリトルマガジンが二〇〇六年に、杉山平一特集を組んだときに、「杉山平一の映画批評」という小文を書いたこともある。

杉山平一さんは、二人のお子さんを幼児のときに亡くされている。父親が設立した会社を受継いだが倒産させてしまった。

向うに、奥行き深い、もの思わせる世界が現出するのである」。「前に窓枠を置くことによって、その

苦労をされた方だが、それを文章に生まには出さなかった。悲しみを経験した人だけが持っている清潔な静けさがあった。

以前、このコラムで一度、紹介したことがあるが、東京の下町に住む堀内恭さんが「入谷コピー文庫」という手作りのミニコミ誌を出していて、毎号、送って下さる。

今月号は、文藝春秋の編集者だった岡崎満義さんの「昭和人間印象記」シリーズの最終篇。取材で会った人間たちのポルトレ。

これを読んでいたら、杉山平一さんのことが書かれていたので、うれしく驚いた。それもとてもいい話なのだ。紹介したい。

「杉山平一さんからの葉書」と題されている（一九八三年五月記）。岡崎満義さんは一九八二年の四月に月刊誌「文藝春秋」の編集長になった。半年ほどして、宝塚市の杉山平一という人から葉書をもらった。名前に見覚えがない。こんなことが書かれていた。

「前略とつぜん変なお便りして失礼します。実は小生『毎日中学生新聞』（大阪）の詩の選者をしていますが、三十年ほど前、鳥取県智頭《ちず》中学三年の岡崎満義という人の詩の印象が残っていて、明るくさわやかでたくさん送って下さったその幾つかを手元に持っていました。最近、岡崎満義さんの御名前を拝見、むかしを思い出し、ひょっとしてあの中学生と同一の方ではないかと思い、失礼乍ら、おたよりした次第です」

岡崎満義さんはこれに「びっくりした」。三十年前、詩を投稿していた中学三年生はまさに自分だった。すぐに返事を書いた。するとまた驚くことが起きた。

杉山平一さんから大きな紙封筒が届き、そこには、岡崎満義さんが中学生のときに投稿した詩三十篇がコピーされて入っていた。

三十年前の投稿少年の名前を覚えているのも凄いし、その詩をきちんと保存しているのも凄い。岡崎さん、これはうれしいことだったろう。杉山平一さんの篤実な人柄を思わせて、こちらも心豊かになる。


去年、知ったばかりのピアニストにカナダのアンジェラ・ヒューイットがいる。どういう人か知らず、CDのジャケットのピアニストが美しかったので、思わずバッハの『ゴルトベルク変奏曲』と『6つのパルティータ』を買い求めてしまった。

これが素晴しかった。力強く柔らかい。清流の透きとおった水を思わせる。以来、何枚かCDを手に入れ、すっかりアンジェラ漬けになった。

この九月、彼女が来日した。紀尾井ホールで二日にわたってバッハのパルティータを弾く。迷わずに二日、通い、その清澄な世界に浸った。日本ではまだそれほど知られていないのか、ホールは満員ではなかった。

とくに私が座った二階席は空席が目立った。しかし、そのぶん、この美しいピアニストが身近かに感じられた。

バッハ弾きとして世界的に非常に評価が高い人と、いまごろになって知った。


柳橋に「百万石」というとんかつ屋さんがある。ご夫婦で切りまわしているこぶりの店。私とほぼ同い年のご主人は、釣り好きで料理好き。とんかつだけではなく、メニューには刺身や焼魚が並ぶ。カウンターがあって、ここで二人と話を交わしながら飲む酒は最高にうまい。

この店に通うようになって、もう三十年ほどになるだろうか。わが庵になっている。

ところが、この店が五月に焼けてしまった。これには驚き、落胆した。あんないい店がなくなったら自分の幸せのひとつが消えてしまう。ただ、幸い全焼ではなかった。

この十月に改装されてオープンした。うれしかった。開店の日、訪ねると、二人が笑顔で迎えてくれた。七十歳を過ぎてからの再開は気力がいったろう。二人の再出発を祝福したい。いつも陽気なおかみさんが、私の顔を見て涙ぐんだのには、こちらも胸が詰まった。

（「東京人」二〇一七年十二月号）

「木の絵画」を見に山形へ。

「タラセア」（Taracea）という美術があることを知った。「木の絵画」。木片をいくつも組み合わせ、木板に嵌め込み、風景画や幾何学模様をつくる。中世に誕生した。スペインの伝統工芸という。日本で、このタラセアに取り組んでいるのが星野尚《たかし》（一九五五年、兵庫県生まれ）。スペインに留学し、タラセアを学んだ。日本人では珍しいのではないか。

山形県の小さなギャラリーで開かれた星野尚タラセア展で、はじめてその作品を見て、緻密な美しさに圧倒された。

銀座一丁目に山形県のアンテナショップがある。着物姿の吉村美栄子知事の看板が迎えてくれる。二階には、地産地消をはじめたレストランとして人気の「ヤマガタ　サンダンデロ」がある。

銀座に出た折り、時々、ここに立寄る。朝日町のワインや米沢の鯉の甘露煮などを買う。あるとき、チラシのコーナーに置いてある一枚が目にとまった。

ヨーロッパの古い教会が描かれているのだが、普通の絵画と違う。ジオラマのような立体感がある。教会が木の模型のように見える。それがタラセアだった。

チラシは、山形県の白鷹町《しらたかまち》にあるギャラリーでの、星野尚というタラセア画家の作品展の案内だった。それを見て、すぐにも行きたくなった。

白鷹町は、山形鉄道フラワー長井線の沿線にある。ちょうど十月に所用で秋田に行くことになっていたので、途中、立寄ることにした。

山形新幹線で赤湯駅に出て、そこからフラワー長井線に乗る。

この鉄道は、もともとは国鉄の長井線。大正十一年（一九二二）に開業した（それ以前は軽便鉄道）。赤湯と最上川沿いの荒砥《あらと》を結ぶ。全長三〇キロほどの盲腸線で、気動車が走る。前回紹介した、左沢《あてら》線とつなげる予定だったというが、実現しなかった。

一九八八年に第三セクターになった。沿線にはアヤメ、サクラ、果樹が多いので「フラワー長井線」と愛称がつけられた。「長井」は主要駅である長井（長井市）のこと。

この鉄道が広く知られるようになったのは、二〇〇四年に公開された映画、矢口史靖監督の『スウィングガールズ』によってだろう。沿線に住む高校生たち（上野樹里、貫地谷しほりほか）が「ジャズやるべ！」とジャズに目覚める痛快な青春映画。この映画に長井線がふんだんに登場した。映画を観たあと、ロケ地めぐりに出かけたものだった。

星野尚のタラセア展が開かれているのは、この鉄道の終点、荒砥駅のひとつ手前、四季《しき》の郷《さと》駅の駅前にある「白鷹町文化交流センターAYu:M《あゆーむ》（ギャラリー）」。

赤湯駅から長井線で一時間ほど。四季の郷駅は田園のなかにぽつんと建つ無人駅。駅舎はない。単線でホームはひとつ。待合室があるだけ。平日の昼前だったが、一両だけの列車から降りたのは私ひとりだった。

駅前に商店はない。少し歩くと、文化交流センターがある。これは思ったより立派な建物で、なかにギャラリーがある。

星野尚は山形県ゆかりの人かと思ったが、とくに縁はなく、学芸員が作品を気に入って、展覧会を企画したという。

予想にたがわず、素晴らしい作品だった。

木片を組合わせるだけで、よくこんな精巧な作品ができる。教会、古い町並、港、浜辺と帆船、風車小屋、あるいは日本の民家、地蔵、囲炉裏。遠い時代の町のなかに入りこんだような気になる。ギャラリーのなかには私ひとりしかおらず、室内は古い教会のなかのように静まりかえっている。日本にも寄木細工はあるが、木で絵を描くという技法はないのではないか。

木目をそのまま路地の道や川の流れ、砂浜に見立て、そこに建物、橋、船などを嵌め込んでゆく。細長い板のなかにいくつもの風景が描かれている作品では、木目が空になっている。

タラセアは、人の手で作られたものだが、着色をほどこされていない自然木の質感が、森のなかから見つけ出したような素朴な美しさを見せている。

大変な手間がかかっていることだろう。さまざまな木片を見つけ、集め、使うものを選び出す。次に、絵画で言えばキャンバスに当る大きな木の各所を糸鋸で切り、そこに木片を象嵌《ぞうがん》のように嵌め込んでゆく。

そこから人物や花、生き物や風景が、木のなかから浮き出るように生まれてゆく。根気のいる仕事だろう。ココ・シャネルの言葉、「手間が美を生む」を思い出す。この美しさには感嘆した。

タラセア展を堪能し、四季の郷駅からまた、フラワー長井線の赤湯行きに乗る。

主要駅のひとつ、今泉駅は、JRの米坂線《よねさか》（山形県の米沢と新潟県の坂町を結ぶ）との接続駅。紀行作家、宮脇俊三が昭和二十年八月十五日、終戦をここで迎えたことは、鉄道好きにはよく知られている。

当時、宮脇俊三（一九二六～二〇〇三）は旧制高校生。東京に住む宮脇家は空襲が激しくなって新潟県の村上（坂町に近い）に疎開した。昭和二十年の夏、宮脇少年は、山形県大石田にある炭鉱を視察する父親に付いて鉄道の旅をした。大石田からの帰り、赤湯から今泉に出た。そこで米坂線に乗り換えて坂町に帰る。

宮脇少年はこのとき、今泉駅での列車の待ち時間に、駅前で玉音放送を聞く。

「天皇の放送がはじまった。雑音がひどいうえにレコードの針の音がザアザアしていて、聞きとりにくかった」「放送が終っても、人びとは黙ったまま棒のように立っていた」「目まいがするような真夏の蟬しぐれの正午であった」（『増補版　時刻表昭和史』角川書店、一九九七年）。

八月十五日、同じ山形県の小さな町で終戦を迎えたのが、井上ひさし（一九三四～二〇一〇）。米坂線で今泉から米沢方向へ二つ目に羽前小松駅がある。当時、井上少年はこの駅のある小松町（現在、川西町）の国民学校五年生だった。

八月十五日の玉音放送というと、誰もが「空は青かった」と書くが、井上ひさしはそれに疑問を持つ。山形ではどうだったのか。山形の少年たちの東京への冒険旅行を描く愉快な長編小説『下駄の上の卵』（岩波書店、一九八〇年）では、冒頭、本当に、あの日、日本の空はどこも晴れていたのか、気になった少年が、長じて気象庁に全国各地の天気を調べに行くと、山形市をはじめ東北、北海道は曇だったとわかるくだりがある（凝り性の井上ひさしらしい）。

宮脇俊三の「目まいがするような真夏の蟬しぐれ」という文章からは、つい山形地方は晴れだったと思ってしまうが、井上ひさしの調べによると、曇ということになる。それでも、井上ひさしが言うように、長い戦争がやっと終ったというほっとした気持には、やはり「青空」が合うのだろう。

今泉や羽前小松のある一帯は置賜《おきたま》地方と言う。この地方出身の作家に、小田仁二郎《じんじろう》（一九一〇～七九）がいる。純文学の作家で、『触手』『昆虫系』『背中と腹』などが知られる。

数年前、フラワー長井線に乗りに行ったとき、今泉駅と赤湯駅のあいだの宮内駅《みやうち》（南陽市）で降りた。当時、「もっちぃ」というウサギが駅長になって話題になった（話題を作ったというべきか）。そのウサギを見に下車したのだが、次の列車までの待ち時間に少し町を歩いた。

小さな町だが、いい町だった。私の好きな「鉄道の駅があって、駅を中心に商店街が健在の町」。食堂もある、熊野大社があって、その参道に小田仁二郎の文学碑があった。

この町の出身と知った。小田は戦後、「Z」という同人誌を主宰した。瀬戸内寂聴は、ここから出た。小田の文学碑は、瀬戸内寂聴が建てたものだった。恩に報いたのだろう。

市川市で開かれた「永井荷風展―荷風の見つめた女性たち」を見にゆく。

市川市は荷風終焉の地。戦後、ここに移り住んで、平穏に老後を過した。第二の故郷と言ってもいいだろう。市川市は、実によく荷風を顕彰していて荷風展も今回で三回目になる。何よりも、『断腸亭日乗』の原本を保存していることが強い。あれは、原稿そのものが美術品になっている。

今回、展示の監修を引受けたが、うれしかったのは主催する市川市文学ミュージアムの担当者に女性が多かったこと。

荷風は女性に人気がない、と言われているが、少しずつ、事情が変わってきているのではないか。持田叙子さんのようなすぐれた研究者も出ている。

担当者が女性たちだったからこそ、今回のテーマは、「荷風の見つめた女性たち」になった。これまでの「好色作家」のイメージが、この荷風展で少し変わってゆくといいのだが。


長年、荷風を読んでいて、ひとり、気になる女性がいる。晩年の荷風と関わった。

塩沢くるみ。名前からして可愛い。荷風が戦後、可愛がった銀座のバーで働く女性。写真を見ると、「くるみ」という名前のとおり、少女のように愛らしい。

どういう女性だったのか。いろいろ調べているのだが、まだ、よくわからない。

ひとつ手がかりがある。

山本富士子がお雪を演じて美しかった、豊田四郎監督の『濹東綺譚』(一九六〇年)では、玉の井の女性のひとりを演じている。

この映画の製作者、佐藤一郎は、戦後、荷風が銀座に出遊するとき、よくお伴をした。それで、荷風が塩沢くるみを可愛がっていたことを知って、映画に起用したのだろう。晩年の荷風から見れば、孫のような存在だった。


(「東京人」二〇一八年一月号)

鉄道旅の寄り道は中田島砂丘。

浜松市の南、遠州灘に面して中田島砂丘がある。鳥取砂丘、九十九里砂丘と並んで日本三大砂丘とされる。

映画監督、木下惠介は浜松市の出身。そのため監督第一回作品、昭和十八年の『花咲く港』は、九州の天草と、この中田島砂丘でロケされている。

二〇一三年に公開された木下惠介の伝記映画『はじまりのみち』（原恵一監督）にも、若き日の監督（加瀬亮）が中田島砂丘でロケをする場面がある。

さらにまた、木下惠介を師と仰いだ川頭《かわず》義郎《よしろう》監督の浜松を舞台にした青春映画の佳作『涙』（一九五六年）では、浜松のハモニカ工場で働く若尾文子（きれい！）が、家の事情で恋人の石濱朗《あきら》と別れなければならなくなり、名残りに二人で中田島砂丘を歩く場面がある。

夏の日。まだ観光地化されていなかったのだろう。広い白い砂丘には二人しか歩いていない。パラソルをさす、ブラウスにスカートの若尾文子が清楚で、遠い日の少女のように美しかった。

この映画は、以前、松竹からＶＨＳが発売されたときに初めて観て感動し、そのあと、ロケ地を見ようと浜松に行き、中田島砂丘を歩いた。鎌倉あたりの、鉄分の多い、黒っぽい砂浜を見慣れた東京人の目には、中田島砂丘の白い砂は目に鮮やかで、「白砂青松」とはこのことかと感じ入った。

十二月のはじめ、所用で名古屋に出かけた帰り、浜松で降り、また中田島砂丘を見に行った。駅前からバスで十五分ほど。砂丘はあいにく、防潮堤が作られているさなかで眺望は悪かったが、それでも「白砂青松」は変わらなかった。

今回、中田島砂丘に行ったのは、実は木下惠介がらみではない。

秋に出版された桜木紫乃の新作『砂上』（角川書店）が、とてもよかった。いつものように北海道を舞台にしている小説だが、珍しく北海道以外の土地が出てくる。とても印象的に。中田島砂丘。『砂上』という書名は、そこからとられている。

主人公の令央《れお》は、札幌に近い江別市に住む四十歳になる女性。三年前に離婚した。子どもはいない。六十歳の母親を亡くしたばかり。シングルマザーの母親は水商売をして、自分を育ててくれた。

令央は駅前の小さなビストロで働きながら小説を書いている。新人賞に応募するが、当然、簡単に選ばれるはずもない。そんなとき、令央のエッセイを読んで、そこに書かれていた「母と娘」のテーマに惹かれた女性編集者が、これを題材に小説を書けとすすめる。

一見、横柄な女性だが、言っていることは的を射ている。「書き手が傷つきもしない物語が読まれたためしはありません」「心を痛めながら書いてください」「文章で景色を動かしてみてください」。

令央には実は娘がいる。十五歳のとき、男ができ、妊娠した。地元で知られるとまずいので、母の知り合いの助産婦を頼って浜松に、母と一緒に行った。砂丘に近い家にしばらく、身を隠すように滞在した。そして十六歳のときに女の子を産んだ。この女の子は、世間をおもんぱかって、令央の娘ではなく、令央の母の娘、つまり令央の妹として育てられた。

『砂上』は、出生の秘密の物語であり、同時に女性を「産む性」としてとらえた女性物語である。令央が、母に連れられてゆく家は、中田島砂丘に近いところにある。体力のあるとき、令央は砂丘を歩く。そこで「産む力」を得る。

砂漠は一般に不毛の象徴とされる。しかし、桜木紫乃の『砂上』は、そこを生命の生まれる場としている。珍しい感覚ではないか。

そういえば、木下恵介にとっても、川頭義郎にとっても砂丘は、決して不毛の地ではなく、再生、再出発の地だった。砂丘に対する新しい見方を教えてくれる。

中田島砂丘からバスで浜松駅まで戻り、駅から歩いて十五分ほどのところにある木下恵介記念館に行った。

昭和五年に建てられた昭和モダンの旧浜松銀行協会（中村與資《よし》平《へい》設計）のなかにある。二階建ての南欧のヴィラのような作り。浜松は確か、空襲に遭っているはずだが、この建物は幸いに残ったようだ。

木下恵介だけでなく、弟の作曲家木下忠司も、妹の脚本家楠田芳子も一緒に顕彰されている。『花咲く港』の、中田島砂丘でのロケのときの写真も展示されていた。

名古屋や関西に所用で出かけた折り、行きは時間の制約があるので、まっすぐ新幹線で行くが、帰りは、時間のゆとりができるから、寄り道をする。

例えば、金沢に寄る。中央本線で帰る。飯田線に乗ることもある。身延線に乗って帰ることもある。鉄道好きのささやかな寄り道の楽しみである。

この日は、浜松で降りたので、そのあと、浜松から私鉄の遠州鉄道で終点の西鹿島《にしかじま》まで行き、そこから第三セクターの天竜浜名湖線で掛川に出て、掛川から新幹線で帰った。所用を利用しての鉄道の旅になる。「行き」より「帰り」が楽しみになる。

昭和十年生まれの俳人宇多喜代子さんの随筆『俳句と歩く』(角川書店、二〇一六年)を読んでいたら、この方も、同じように「帰り」の鉄道の旅を楽しんでいることを知った。

大阪在住の宇多さんは、あるとき、東京に出た帰り、いつものように新幹線でまっすぐ大阪に帰るのではなく、中央本線に乗ってみた。

「終日を予定していた用が早々と終ったことのオマケのちょっとした旅気分である。塩尻で乗り換えて名古屋まで、それから東海道新幹線に乗り換える。東京・大阪直通の倍の時間がかかったが、早春晴天の左右に連なる雪山や雪解の山里の景には、通常の時間の三倍五倍をものともしないほどの魅力があった」

私よりも年長の宇多さんが、鉄道旅の寄り道をされていることにうれしく驚く。「帰り道」は、仕事をすませた安堵の気持があり、そのゆとりから車窓の風景が、いっそう心に残るものなのだ。

宇多喜代子さんの『俳句と歩く』は、好きな本で、手元に置いている。この原稿を書くためにまた手に取ったら、子育てをしている母親たちの句会「パラソル句会」の章が目にとまった。中田島砂丘でロケされた『涙』の若尾文子のパラソル姿を思い出したためだろう。

紹介されている母親の心に残る句がふたつ。

「春の野やおむすびからあげ卵焼き」（目黒輝美）
「白シャツのボタン律儀に一年生」（吉田林檎）
昭和十年生まれの宇多喜代子さんは、昭和二十年、山口県の徳山（現在の周南市）で空襲に遭った。九歳だった宇多さんの二メートル先に焼夷弾が落ちた。「死んでもおかしくはなかった」。だからなのだろう、宇多さんは死に敏感だ。『俳句と歩く』のなかの一章「海は恐ろし、海は懐かし」のなかで、3・11を詠んだある高校生のこんな句を紹介している。
「夏雲や生き残るとは生きること」（佐々木達也）

十一月二十五日、渋谷のBunkamuraオーチャードホールで、ピアニスト小山実稚恵さんの十二年間にわたったコンサート「小山実稚恵の世界」の最終回を聴きにゆく。

ひとりのピアニストが、十二年間、年に二回、さまざまなクラシックの曲を弾く。これを自身の企画によってやり遂げた小山実稚恵さんに改めて敬意を表したい。それを支え続けた東急文化村にも。一人のピアニストが年に二回、コンサートを開く。毎回。違う曲で。それを十二年続ける。こんな試みが、これまであったろうか。以前、お茶の水のカザルスホールで行われた、新日本フィルによるハイドンの全交響曲演奏にも通じる。

この日、最後の最後に小山実稚恵さんが弾いたのは、ベートーヴェンの晩年のソナタ「32番」だった。クラシック好きの作家五味康祐が死の床で聞いた、まさに鎮魂歌。ラストコンサートにふさわしい。

演奏会後のささやかなパーティに出席した。小山実稚恵さんは盛岡で少女時代を送っている。だから、3・11の東日本大震災への思いは、人一倍、強い。

東北でよくチャリティ・コンサートを開いている。スピーチで、あの震災が自分にとって大きな、音楽を考え直すきっかけとなったと語られたのが心に残った。

以前、浜田山に住んでいたとき、井の頭線の浜田山駅の南口にある、Tという歯医者さんに通っていた。

私より十歳ほど年下の女医さんだった。ショートヘアの素敵な女性だった。

六年ほど前、渋谷の文化村で小山実稚恵さんと、畏れ多くも対談をした。会場にTさんがいた。驚いた。

挨拶して「なぜ、ここに」と聞くと、Tさんは、「だって、私、小山実稚恵さんの大ファンですから」と笑顔でいった。

そのあと、3・11があった。

数日たって、治療に行くと、T歯科は閉まっていた。

Tさんは東北の出身で、あの大災害に衝撃を受け、まだ私より若いのに、病いを得て亡くなったと知った。これには驚き、しばらく医院の前に立ちすくんだ。

小山実稚恵さんの、ベートーヴェンの「32番」を聴きながら、小山さんを大好きだった歯医者のTさんのことを思い、涙がとまらなかった。音楽は、逝った者と共にある。

（「東京人」二〇一八年二月号）

川本、川本町へ行く。

またひとつ鉄道がなくなる。

広島県の山間部の三次《みよし》（芸備《げいび》線と接続）と、日本海に面した島根県の江津《ごうつ》（山陰本線と接続）を結ぶＪＲの三江《さんこう》線。江《ごう》の川に沿って走る。

一九七五年に全線開通した新しい路線だが、沿線が過疎化し、この三月末に廃線になる。一日に数本しか列車がない状態では仕方がないのだが、ＪＲが一方で、さかんに乗車料金が百万円を超える豪華列車を走らせているのを見ると、赤字は国で補塡し、ローカル線を存続させてほしいと思う。

十二月、所用で京都に行った帰り、三江線に乗りに行った。京都で用事をすませ、そのあと福山に出て一泊。翌日、福塩《ふくえん》線（福山と塩町）経由で三次に出て、そこから三江線に乗り込む。

三江線にはじめて乗ったのは、一九八六年。ＪＴＢで出版されていた月刊誌「旅」での山陰ひとり旅の取材だった。

三江線は以前から気になっていた。というのは、途中に川本町《かわもとまち》という私の名前と同じ町があるから（もうひとつ埼玉県に川本町がある）。別になんの縁もないのだが、親近感を持った。

それで「旅」の山陰の旅には三江線を選んだ。朝早く、東京を新幹線で出て、広島経由で三江線に乗り、石見川本駅（昭和九年開業）に着いたのは夜だった。「三階」という、昭和のはじめに建てられた木造三階建ての旅館に泊った。おかみさんが「川本さんとおっしゃるのね」と喜んでくれた。

その後、「男はつらいよ」シリーズの第十三作『寅次郎恋やつれ』（一九七四年、吉永小百合主演）のロケ地となった島根県の温泉津《ゆのつ》町に三度行ったが、行くたびに、帰りに川本町に寄った。

朝、三次駅十時二分発の列車（気動車）に乗る。石見川本行き。日曜日ということもあって車内は超満員。座れない。大半は、三江線が廃線になることを惜しむ鉄道ファン。驚いたことに「さよなら三江線」というツアーも組まれている。こちらはシニア中心。ローカル線だから座れるだろうと油断していたのが失敗だった。石見川本駅まで約二時間、立ってゆくことになる。「廃線と決まると混む」お決まりのパターン。怒っても仕方がない。自分だって、廃線と知って乗り納めに来たのだから。

三江線は「中国太郎」と呼ばれる大河、江の川に沿って走る。三次を出ると大きな町はない。小駅が続く。無人駅ばかり。

鉄道好きに知られている沿線の駅は、宇都井《うづい》駅（昭和五十年開設）だろう。地上二〇メートルのコンクリート橋の上にある駅で、列車はちょうど橋の真ん中に停車する。地上から駅までは百十六段もの階段をのぼらなければならない。「天空の駅」と呼ばれている。

列車の窓から下を見ると、はるか下の家の庭で何人もの人が列車に手を振っている。やがて廃線になることを思えば、住民は万感の思いではないか。

宇都井駅の先でツアー客が降り、なんとか後半、三十分ほどは座ることができた。石見川本町には昼に着いた。三江線の主要駅で、駅員がいる。乗客の大半はここで降りる。このあと午後の列車で江津に出る人が多いようだ。私は町で一泊する。

川本町は来るたびに人口が減っている。典型的な過疎の町。はじめて来たときの人口は八千人ほどだったが、現在は半分の四千人を切っている。日本各地で見られる現象とはいえ、この先、どうなるのか。

それでも川本町は三江線のなかでは大きな町。町には駅を中心に商店街があり、食堂がいくつも健在なのは有難い。

食堂の一軒に入り、とんかつを肴に燗酒を飲む。客の大半は、いまの列車に乗ってやってきた鉄道好きのようだ。

おかみさんは「廃線がイベント化していて、このところお客さんが増えているけど、三江線が本当になくなったら、どうなるんでしょうね」と顔を曇らせる。申し訳ない気持になる。

川本町は、以前は、江の川沿いの物資の集散地として栄えた。とくに木材で栄えた。そのために「三階」のような木造三階建ての旅館が作られた。

林業が振るわなくなって、町の人口も減っていった。食事をすませて、町を歩いた。十二月のはじめ、幸い、まだ雪はないが、いずれ冬が本格化すれば、雪は多いという。

もうひとつ。川本町の名物は霧。

江の川に沿っているので、秋から冬にかけて朝霧が発生する。はじめて川本町に行ったとき、「三階」に泊って、朝、町へ散歩に出たのだが、町がすっぽりと白い霧におおわれていたのに驚いた。数メートル先も見えない。白い霧のなかに信号の青や赤、車や自転車のライトが淡くかすんで見える。

『フェリーニのアマルコルド』（一九七三年）の、アドリア海に面したリミニの町の霧を思い出し、その幻想的な風景が心に残った。

川本町のいい思い出になった。

帰ってから「旅」に、その霧の白い風景の素晴しさについて書いた。

そのあと、うれしいことがあった。川本町の役場の人から電話があり、あの文章を町内放送で流したいという。川本町の人が、川本の書いた拙文を読んでくれていたとは。やはり縁を感じた。

「三階」は建物は健在だったが、経営者が変ったらしく名前が変っていた。「廃線ファン」が多いのだろうか、満室だった。ここでも油断していた。幸い、宿の人が、町にある「おとぎ館」というホテルを紹介してくれた。

町なかから十分ほどの高台にある。行くと、驚くような近代的な建物だった。チェックインして部屋に入ったが、木材を使ったロフトのような感じで、一人ではもったいないくらい広い。ここなら数日、滞在したいと思うほど。

同じ敷地内に町の図書館があり、行くと、小さいながらも清潔な部屋で、女子高校生が何人か勉強している姿が好ましい。町の歴史の本がどこにあるのか尋ねると、司書の若い女性がとても親切に案内してくれた。

そこで見つけた三江線の現状を批判的に書いた本によると、島根県は県庁所在地のある松江を中心にした出雲地方と、川本町のある石見地方に分かれ、出雲に比べると、石見は人口が少なく両地のあいだに格差があるという。

出雲を走る鉄道でいえば、私鉄の一畑《いちばた》電車が知られる、この鉄道はそれなりの行政の援助があるのに、石見の三江線にはそれがない。三江線の廃線の原因はひとつはその格差らしい。

車社会の現在、鉄道、それもローカル線に「自立」「自己責任」を求めるのは酷だ。赤字は公共で補塡して維持してゆかなければならない。鉄道好きだから言うのではない。「税金のむだ使い」を知れば知るほど、地方の生活と密着している鉄道を大事にしてほしいと思う。鉄道は「経済」ではなく「文化」である。「経済」優先で「文化」が切り捨てられてはならない。まして豪華列車を走らせるゆとりがあるのだから。普通の鉄道ファンの誰に聞いても、あんな富裕層向けの贅沢な列車に乗りたいなど言わない。普通に地方の町を走っている鉄道にこそ乗りたい。

「おとぎ館」(ちなみに漢字で書くと「音戯館」)は、宿泊客が少ないのだろう、レストランが閉まっていた。

はじめ、なんと不便なと思ったが、これはこれでいいと思い直した。客をホテルで独占せず、町へ出てもらう。歩いてもらう。ホテルと町が共存している。

フロントの女性も親切に町の地図を渡してくれて、いくつか、町の人に人気のある店を紹介してくれる。

夕暮れの町に出る。人の数は少なく、ひっそりしている。それでも商店街のところどころに灯がともっている。食堂、居酒屋、スナック。小さな町なのに案外、飲食店が多い。

どこにしようか迷った末に、小さな焼き鳥屋にする。小柄な可愛らしいおかみさんが一人で切りまわしている。猫のぬいぐるみや人形、こけしなどが置かれ、キオスクのような雰囲気。旅に出ていちばんくつろぐのは、はじめてなのに昔から知っているような居酒屋で一杯飲むとき。燗酒と焼鳥を頼む。

客は私ひとり。おかみさんはお喋りではない。こちらが話しかけないと話さない。はじめは気づまりだったが、酒はうまいし、焼き鳥も香ばしい。だんだんくつろいでくる。

三江線に乗り納めに来た、というと、おかみさんはクールに「私たちも悪いのよね。地元の人間は、ほとんど乗らないんだから。隣りの駅前にコンビニがあるんだけど、そこに行くときだって車」と言う。

「三江線がなくなって寂しい」というのは、他所者の感傷に思えてくる。

おかみさんは、この町の出身。「子どもの頃は人が多かった。映画館もあったしね」。年齢は五十代だろうか。若く見える。ちょうどテレビで山陰本線を走る豪華列車の旅番組を流している。それを見ながらおかみさんは「誰が乗るんだろうね」と、ひとりごとのように言う。

見るともなしにその豪華列車を見ながら、もう一本、燗酒をもらう。次に川本町に来るのはいつだろう。そのときにこの店がまだあったら寄ってみよう。

一泊し、朝、高速バスで広島に出た。

バスでは二時間ほど。鉄道よりバスのほうが便利になっている。

バスは石見川本駅の駅前から出る。

山間部を走る。やがて長いトンネルに入る。それを出ると広島市内。風景が一変する。

小さな家の並ぶ川本町とは別世界のように高層ビルが建ち並ぶ。夢から醒めて、あわただしい現実に戻った思いがする。

近くまた川本町に行きたくなる。

（「東京人」二〇一八年三月号）

転地療法で鵜原の海岸へ。

昨年の暮れから一月にかけて風邪をひき、咳がひどかった。忘年会や新年会でも、咳でみんなに迷惑をかけてしまった。

医者に薬をもらってもよくならない。風邪と思っていたが、熱はないし、鼻水も出ない、咳だけがひどい。

ある日、思い当った。家のなかがいっこうに片づかず、本やDVD、CDがたまって物置状態になっているためではないか。埃や塵、カビが空気を汚しているのではないか。

それで思い切って、〝転地療法〟を試みた。暖かい外房に二泊三日の小旅行を試みる。いい空気を吸う。

これが成功したようで、三日目には咳はきれいにおさまっていた。

出かけた先は、勝浦市鵜原《うばら》の公共の宿。

海を見下す山の上にある。窓一面が海。二、三年に一度、出かけている。

ふだんの旅では、ビジネスホテルに泊る。テレビの旅番組によく出てくる、豪華な料理が並び、着物姿のおかみが挨拶に来るような旅館にはまず泊らない。ビジネスホテルに泊り、夜は町に出て居酒屋で食事をする。一人旅にはそれで充分。

例外が公共の宿。値段は手頃だし、食事も食堂でするから気が楽。建物もいいところが多い。

東京から勝浦まではＪＲの外房線の特急で一時間半と近い。宿は、隣駅の鵜原で降り、山へのぼったところにある。

いったん勝浦駅で降りる。外房線の主要駅で、大正二年の開設。駅前には、かつて走った蒸気機関車の動輪が置かれている。

町を歩く。北陸、とりわけ福井は大雪に見舞われて大変なことになっているが、さすが房総半島、申し訳ないくらい暖かい。

勝浦市（人口約二万人）は漁業の町。冬でも開かれる朝市で知られる。はじめてこの町に行ったのは一九八〇年頃。ある雑誌の、地方の映画館を訪ねる連載コラムの仕事で春先に出かけた。町はいま歩いても瓦屋根の家が多く、様子は当時とさほど変っていない。取材した公楽館はさすがになくなっていたが。

魚屋が経営する小さな食堂でキンキの煮付けを肴に、暖かいのでビールを飲む。

勝浦から鵜原までは各駅停車で一駅。いくつかトンネルを抜けると駅に着く。島式ホームがひとつと、小さな駅舎。特急はとまらない。昭和二年の開設だが、こちらは無人駅。駅を出ると商店が何軒かあるが、閉まっているところが多い。

海水浴場があり、夏はにぎわうのだろうが、この季節は人の姿が少ない。そのぶん、海辺を歩くと、静けさと海の青い色に心なごむ。入江になっていて左右両方を小さな岬で囲まれている。

このあたりはリアス式の海岸になっている。大正末から昭和にかけて後藤杉久という人物（鉄道大臣、大木遠吉の秘書）が、「鵜原理想郷」と名づけ、別荘地として開発した。

三島由紀夫の最初期の小品『岬にての物語』（一九四六年）は、昭和十二年、十一歳の三島少年が母と妹たちと鵜原の別荘で夏を過したことに材を取っている。

岬には鵜原館という古い旅館があるが、その入り口には、『岬にての物語』の一節を記した案内板が立てられている。

三島は鵜原の海岸を「類いない岬の風光、優雅な海岸線、窄《せま》いがいいしれぬ余韻をもった湾口の眺め、たたなわる岬のかずかず」「非の打ち処のない風景」と絶讃している。

それでいて少数の画家などを除いて、その美しさが知られていない。隠れ里になっている。三島はそれを「隠逸の美」と呼んでいる。

二泊三日の滞在中、朝に昼に、理想郷の岬を歩き、海を眺めた。久しぶりの休暇だった。おかげで三日目、宿を出る時には、もう咳は出なくなっていた。

宿では夜、昨年出版された『地下道の鳩　ジョン・ル・カレ回想録』（加賀山卓朗訳、早川書房）を読む。

『寒い国から帰ってきたスパイ』で広く知られるこの作家は、回想録のなかで、イギリスの諜報機関に在籍していた事実を明らかにしている。悪びれることなく、自分はスパイだったと語っている。その裏づけがあるからこそ、あのスパイ小説の傑作を書くことができたといっていい。

本書には驚くことが二つある。

ひとつは、『寒い国から帰ってきたスパイ』の成功のあと、ル・カレが次の小説を書くために世界各地の危険地帯に行き、命がけで取材したこと。

過去の経験という「財産」はすぐになくなる。グレアム・グリーンが言ったように「人の苦しみを伝えたいなら、それを経験する義務がある」。

ル・カレは動乱の地、戦場になった地に何度も入りこんでゆく。カンボジア、ベトナム、イスラエル、パレスチナ、ケニア、東コンゴなどなど。

そこでアラファトをはじめ、危険と隣り合わせで生きているさまざまな人間たちに出会う。なかでも、読者の心に残るのは、ポル・ポト時代のカンボジアで、虐殺の恐怖のなか、身を挺して、子どもたちを救う活動をしたフランス人の女性。最期は、一九九九年、コソボ難民を救う活動中に事故死したという。『ナイロビの蜂』のヒロイン（映画ではレイチェル・ワイズが演じ、アカデミー賞を受賞）は、このフランス人女性をモデルにしているのではないか。

ル・カレの作品がどれも面白いのは、現代史の過酷な現実の裏づけがあるからだろう。

『地下道の鳩』を読んでもうひとつ驚いたのはル・カレの父親。イギリスのエリート層かと思いきや、天性の詐欺師で、刑務所に何度か入ったという。それでいて、それなりの人望があったというから面白い。ル・カレのロマンチシズムは、空想癖が強かったというこの父親の影響か。

いまだに手書きで書く人間として、うれしいことがあった。

ル・カレは「執筆はいつも手書きである」という。欧米の作家では珍しいのではないか。

「傲慢《ごうまん》かもしれないが、何世紀もの伝統がある手書きのほうが性に合っている。私のなかにいる時代遅れの芸術家が、ことばを描くことを愉しんでいるのだ」。アナログ人間には、心強い。

丸谷才一は、本誌一九九九年七月号の座談会「東京ジャーナリズム大合評」のなかで、現代人の教養が低くなったとして、こう言っている。「昔は、自由民権の志士であっても漢文が読め、漢詩をつくった」。

また、竹内洋『日本の近代12　学歴貴族の栄光と挫折』（中央公論新社、一九九九年）にはこうある。「幼時に四書五経の素読をした世代は明治維新前後に生まれた者までである」

そして、森鷗外、二葉亭四迷、内村鑑三、西田幾多郎、永井荷風らの名を挙げている。

漢詩を作れる作家はとうに消えた。

そう思っていたら、元文藝春秋編集者の岡崎満義さんから『平成の漢詩あそび』（西田書店）を贈られた。

自作の漢詩五十首が収められている。岡崎さん、漢詩を詠むのかと驚いた。六十代なかばにして、カルチャーセンターに通い、漢詩作りを学んだというから凄い。

さらに驚くのは、漢詩というのは深山幽谷の世俗を離れた風雅を詠むのかと思っていたら、岡崎さんの漢詩は現代の事象を材にとる。

例えば、「高梨沙羅選手獲滑雪跳躍世界杯」。かの愛らしい少女がスキージャンプW杯で優勝したことを称える漢詩。

滑雪台高操橇工

飛禽如此截虚空
瞬時着地身安泰
脱帽皆憐一女童

滑雪台高く橇《そり》（スキー）を操ること工《たく》みに／飛禽《ひきん》（飛ぶ鳥）此《か》く如きか虚空を截《き》る／瞬時地に着き身は安泰／帽（ヘルメット）を脱げば皆憐れむ一女童。

高梨沙羅を材にして漢詩が詠めるとは。岡崎さんの自由な構えが素晴らしい。他にも、横浜ベイスターズの大魔神、佐々木主浩、「撫子日本女子足球隊」（なでしこジャパン女子サッカーチーム）を称える詩があるし、亡き丸谷才一や小沢昭一の死を悼む追悼詩がある。

「東日本大震災小景」はとくに心に残る。

海辺荒土幾牛馳
空浴春風食草姿
原子妖氛籠一帯
牧人不見去何之

海辺の荒土　幾牛か馳《は》す／空《むな》しく春風を浴びて草を食す姿／原子の妖氛《ようふん》（放射能）一帯に籠《こ》む／牧人（飼い主）は見えず　去りて何《いず》くにか之《ゆ》く。

原発事故のあと、飼い主を失なった牛が空しく草を食む光景を詠んでいる。桃源郷が荒地に一変した。

岡崎さんによれば、大正天皇は千三百六十七首の漢詩を残し、これは歴代の天皇で第一位、また現在の国会議員のなかで唯一、漢詩を作れるのは、意外なことに海江田万里だという。

荷風は十七歳の頃、漢学者の岩渓裳川《いわたにしょうせん》の門を叩き、漢詩を学んだ。『断腸亭日乗』大正十五年四月十九日には、荷風が師の岩渓裳川を訪ね、漢詩の添削を請うている。長じても学ぶのをやめていない。頭が下がる。

わが身を振返れば、荷風研究をしていながら、漢詩を作れるはずもない。なんとも恥ずかしい。

（「東京人」二〇一八年四月号）

鉄道〝二本立て〟で、福島再訪。

東北の鉄道はタテだけではなくヨコも充実している。

東と西を結ぶ。

ざっと挙げただけでも、花輪線、田沢湖線、釜石線、北上線、陸羽東線、陸羽西線、仙山線、米坂線、そして磐越《ばんえつ》東線、磐越西線がある。鉄道がさびれてゆく時代に、これだけ持ちこたえているのは特筆に値する。東北の鉄道の旅は、タテ旅だけではなくヨコ旅を楽しむことができる。

東日本大震災から七年目に当る三月十一日を前にした十日の土曜日、磐越東線と磐越西線に〝二本立て〟で乗りに行った。

このところかかりっきりになっていた『あの映画に、この鉄道』（キネマ旬報社）の原稿をようやく書き上げた。

磐越東線と西線のくだりで確認したいところが出てきた。それでヨコ旅に出た。

東京駅から常磐線のいわき行きに乗る。常磐線が二〇一五年、東京、品川へと延長されたのは有難い。杉並区の家からは、上野より東京のほうが便がいい。

三月に入って、暖かい土曜日。車内は混んでいる。家族連れが多い。水戸の偕楽園に梅見に行くのだろう。そのため列車は、水戸のひとつ手前の臨時駅、偕楽園に停車する。ここで車内は一気にがらんとなった。列車は偕楽園に沿って走るので車窓から梅を楽しむ。

東京から二時間半ほどで、いわき駅に着く。

ここで思いがけない、いいことがあった。特急を降りるとホームの向こうに、常磐線の、いわきより先の広野まで行く列車がとまっている。時刻表を見ると、広野まで行き、折返し、いわきに戻ると、予定していた磐越東線に乗ることができる。本数の少ない地方の鉄道で、こういう接続のよさはめったにない。迷うことなく、広野行きの列車に飛び乗った。

いわき―広野間は約三十分。この区間は、東日本大震災で被害を受けた。末続《すえつぎ》駅は地震でホームの一部が壊れたし、広野駅の海側の水田は津波にやられた。

いわきから三つ目の久ノ浜《ひさはま》を過ぎると、右手に海が見えてくる。このあたりも津波が押し寄せたが、徐々に復興しているようで、車窓に海が見えてくると一瞬、心がなごむ。

〽いまは山中　いまは浜……、明治時代に作られた唱歌「汽車」は、このあたりの風景をもとにしているという。広野駅のホームには「汽車」の碑が建てられている。

広野駅の海側は前述したように津波の被害が大きかった。水田はその後、更地になり、現在、そこに大きなビルが建てられていた。


広野駅滞在、十分足らず。乗って来た列車で、いわきに戻り、磐越東線に乗る。乗り換え時間は、わずか三分。おかげで昼の駅弁を買う余裕がなく、列車のなかでおなかが鳴って困った。

磐越東線は、いわきと郡山を結ぶ。

昭和三十三年に公開された東映映画、家城巳代治《いえきみよじ》監督の『裸の太陽』は、心に残る鉄道映画（ちなみに、俳優をしていた義兄冨田浩太郎が一場面ながら出演している)。

主演の江原真二郎が蒸気機関車の機関助士を演じる。映画のなかでは明示されていないが、ロケは郡山とその周辺で行われている。

鉄道映画として見て、もっとも感動的な場面は、江原真二郎が蒸気機関車から身を乗り出して、線路に砂をまくところ。急坂を登るすべりどめの砂を出す装置が壊れてしまう。仕方なく、機関助士が命がけで砂をまいた。

この場面がどこで撮影されたか。資料がない。DVDで確認すると山道を走っている。どうも磐越東線らしい。それを確認したかった。いわきを出た列車は、やがて夏井川沿いの渓谷を走る。いくつもトンネルがある。鉄橋がある。車窓から風景に目をこらす。映画のなかの山間部と似ている。磐越東線で撮影されたと考えていいのではないか。


いわきから各駅停車で約一時間半、郡山に着く。磐越西線に乗り換える。そこでも乗り換え時間は五分しかない。駅弁を買う時間がない。腹ぺこのまま列車に乗った。

磐越西線には、以前から気になっている駅がある。川桁駅《かわげた》(明治三十二年開設)。磐越西線に乗るときはいつもまっすぐ会津若松まで行く。途中の川桁駅で降りることはない。

それでも、この駅のことは気になっていた。というのも、川桁駅からは以前、日本硫黄沼尻鉄道という軽便鉄道が走っていたから。

川桁駅と、山間部の沼尻硫黄鉱山とを結んでいた。鉱山の閉鎖と共に、鉄道も昭和四十四年に廃止された。乗ったことはないが、鉄道映画好きには、二本の日活映画に登場するので知られている。

久松静児監督の『続・警察日記』（一九五五年）と、若杉光夫監督の『太陽が大好き』（一九六六年）。玩具のような小さな列車が田舎町をことこと走る。地元の人には「マッチ箱」と呼ばれ愛された。

夏に出版する予定の鉄道本には、この鉄道のことも書いている。乗ったことはなくてもせめて、始終駅の川桁駅は見ておきたい。それで今回、下車した。

思ったより小さな駅だった。『続・警察日記』のなかにとらえられている川桁駅は、大きく、駅舎も近代的なものだったが、現在は待合室があるだけ。無人駅。鉱山が閉鎖されてから、町はにぎわいを失ったのだろう。

腹ぺこなので、駅前で食事をと思ったが、店が見つからない。歩いている人もいない。駅のまわりにはまだ雪がだいぶ残っている。

寂しい駅前だが、沼尻軽便鉄道を顕彰する碑がきちんと建てられているのはよかった。

〽汽車の窓からハンケチ振れば……、岡本敦郎が歌って昭和二十九年にヒットした「高原列車は行く」（作詞・丘灯至夫、作曲・古関裕而）の高原列車は、沼尻軽便鉄道をモデルにしている。そのために、碑には歌詞が刻まれている。町の人にはうれしいことだったろうし、思い出に残る鉄道になったろう。

人の姿は見えない。店もない。空気は冷たい。少し町を歩いたが身体が冷る。仕方がないので携帯で連絡してタクシーに来てもらい、隣りの猪苗代駅まで行く。車は、磐梯山の麓の田園地帯を走る。田は真っ白な雪におおわれている。

猪苗代駅（明治三十二年開業）は、磐梯山、猪苗代湖、それに町出身の野口英世の記念館の入り口。

観光地のにぎわいがある。近年は別荘地として開発されている。タクシーの運転手によると、その一角に沼尻軽便鉄道の機関車と車両が静態保存されているという。

それを見に行く。雪深い森のなかに、ディーゼル機関車と車両が二両、保存されている。あいにくこの季節、シートがかぶせられていたが、「マッチ箱」の様子はうかがえた。

猪苗代町は、森繁久彌が人情味ある警官を演じた日活映画、久松静児監督の『警察日記』(一九五五年。子役の二木てるみが可愛かった!)がロケされた町。

五十年以上前の映画だが、町は高い建物もなく、撮影当時の面影を残している。何よりも、磐梯山が目の前に変らぬ姿を見せている。


猪苗代駅から磐越西線の下りに乗り、その晩泊る会津若松に行く。軽便鉄道を見に行ったため、猪苗代町でも食事をする時間がなく、腹ぺこのまま会津若松へ。

駅前のビジネス・ホテルにチェック・インし、すぐさま町へ。店を探す余裕もなく、最初に見つけた郷土料理屋に入る。

この店が案外よく、名物の棒たら煮を肴に飲む燗酒が空っ腹に心地よく沁みた。明日が七年目の三月十一日かと思うと、酒は自然と献盃となった。


葛飾区で古書店を営みながら、数々の古書エッセイを出されている青木正美さんから、珍しい、貴重な本を送られた。

大沼洸『百合ヶ澤百合の花』。

大沼洸さんは、豆本をこれまで何冊も出されていて豆本の愛好者のあいだではその名を知られている。昭和五年生まれ。福島県の小さな町で、父親の跡を継いで菓子製造業を営みながら、小説を書き続けていた。

青木正美さんがその小説を日にとめ、一冊の本にまとめ、出版した。青木さんは、大沼さんには一度も会ったことがないという。

六篇の小説から成る。大半は老人が主人公。文章も擬古文と言いたいほど、あえて古風にしている。現代の若い作家の軽い文章に辟易している人間には、その古風さが新鮮。

冒頭の「ハチ」は、退職し、妻に先立たれ、町はずれのプレハブに一人住む老人が主人公。家にはテレビも電話もない。世捨人のような暮しをしている。その老人があるとき、新聞配達をしている小学四年生の男の子と親しくなる。一緒に、林のなかに蜂を見に行ったりする。

夏の終わり、老人は子どもを連れて野鳥の会の「燕の塒《ねぐら》の観察会」に行く。郡山駅からタクシーに乗り、ツバメの塒のある沼地に行く。

ツバメは秋になると、この塒からいっせいに南国へと飛びたつ。夕暮れどき、空の彼方、北方から群をなしてツバメがやってくる。その幻想的な光景に、老人も子どもも心を奪われる。

「竹の間の客」の「私」は会津の秘湯を旅する。宿の主人から近くにいい竹林があると聞いて行ってみる。竹林のなかに広場があり、村祭りが開かれている。露店が数多く出ていて、古い、珍しい玩具や本が売られている。

客のなかに、なんと、つげ義春がいる。この小説、孤高の漫画家の、福島県の秘湯を舞台にした『二岐渓谷《ふたまたけいこく》』に想を得ていることがわかる。

そういえば、表紙には、つげ義春から著者への年賀状があしらわれている。大沼さん、つげ義春と同じように世捨人志向が強いようだ。年齢からいって、戦争中、兵隊に取られて苦労されたようだ。戦後は捕鯨船に乗っていたこともあるという。

この二月に亡くなられた。最初にして最後の小説集になった。

（「東京人」二〇一八年五月号）

レンタサイクルで、高畠めぐり。

山形新幹線は、福島―新庄間で新幹線と在来線（奥羽本線）が同じ線路を走る。そのために、思いがけない小駅に新幹線が停車する。米沢と山形のあいだにある高畠《たかはた》駅はそのひとつだろう。

以前は、糠ノ目《ぬかのめ》駅（明治三十三年開設）という駅名で、新幹線が開通するまで無人駅になっていた。高畠町《たかはたまち》の玄関口なのに寂しかった。この駅からは、ローカル鉄道、山形交通高畠線が出ていた。福島県との県境、二井宿《にいじゆく》まで行く。昭和四十九年に廃線になった。

糠ノ目駅が無人駅になったのはそのためだろう。平成三年にはＪＲ高畠駅と改名、翌四年には山形新幹線が開業し、特急の停車する駅となった。駅舎もモダンなものに一変した。無人駅が新幹線の停車する駅になる。珍しいのではないか。

山形に行くとき、新幹線の車窓から高畠駅を見る。新しい駅舎は、とんがり屋根の塔をいくつか持つメルヘン風なもの。一見、駅とは思えない。以前から気になっていた。

四月はじめ、所用で山形市に行き、一泊したあと、東京に戻る途中、高畠駅で降りた。平日の午前中だったが、駅舎内は案外、人が多い。ホテルと、さらに日帰りの温泉施設が併設されているためだろう。

ただ、駅前東口は思ったより閑散としている。商店が見当たらない。緑地があってきれいに整備されているだけにかえって寂しい。観光パンフレットを見ると、町は駅からかなり離れたところにある。町までバスがあるかと思ったが、走っていない。完全に車社会になっているようだ。

幸い、駅にレンタサイクルがあったので、自転車を借りて町をまわることにする。天気にも恵まれ、結果的にはこれがよかった。

駅からすぐのところに高畠高校がある。旧校舎が矢口史靖監督の『スウィングガールズ』（二〇〇四年）のロケ地になった。大評判になったこの映画は、高畠町をはじめ、南陽市、長井市、米沢市など山形県南部、置賜《おきたま》でロケされていて、この地方の人には格別に愛されている。あとで立ち寄った町の小さな図書館にはちゃんと、『スウィングガールズ』のＤＶＤがあった。

高畠駅から「まほろばの緑道」と名づけられた道が作られている。車は通らず、サイクリングロードになっている。桜並木。まだ花は咲いていないが、かわりに辛夷《こぶし》が白い花を咲かせている。道はその形状から見て、以前、山形交通高畠線が走っていたところとわかる。低い築堤になっている。プラットホームが残っているところもある。

しばらく走ると、浜田広介記念館がある。『泣いた赤おに』で知られる童話作家、浜田広介（一八九三〜一九七三）は高畠町の出身。なるほど、それで高畠駅の改札口の両側には、赤おにと、友情に厚い友人の青おにが立っていたのかと納得する。館内に入ってみる。平日なので入館者は一人。ゆっくり展示が見られる。

浜田広介は農家の生まれ。苦学を覚悟して上京して、早稲田大学に入学。卒論が、十九世紀ロシアの幻想小説作家、ソログープ（一八六三〜一九二七）だったとは興味深い。ソログープの作品集『かくれんぼ・毒の園』は二〇一三年に、岩波文庫で復刊されたが（中山省三郎、昇曙夢訳）、消える前のろうそくの光のような美しさに魅了されたものだった。浜田広介はこの世紀末の作家に影響を受けていたか。

記念館を出て、また緑道に戻る。

しばらく走ると、眼前に思いもかけない、古い、素晴らしい建物が現われた。

高畠線の主要駅だった旧高畠駅の駅舎。堂々たる二階建ての石造り。地元で取れる高畠石という軟石で作られている。車寄せもある。地方鉄道によくぞ、こんな立派な駅舎が、と驚く。

石造りの駅舎といえば、北海道のJR富良野線、美瑛《びえい》駅が知られるが、その美しさに勝るとも劣らない。こんな駅が、人口二万五千人ほどの町にひっそりと残っていたとは。

しかも、美瑛駅の駅舎は昭和二十七年に作られたのに対し、旧高畠駅の駅舎は昭和九年に建てられている。より歴史がある。高畠町は、この駅舎をもっと全国に宣伝してもいいのではないか。

高畠線の開通は大正十一年。糠ノ目（現在の高畠駅）—高畠間を蒸気機関車が走った。十三年には、二井宿まで延伸。昭和四年には早くも全線電化されている。

当時、この地方は、製糸業が盛んで、その糸を運んだ。他に木材、炭、石材、果物なども。だから、現在、駅舎の隣りには、客車と、そして貨車が保存されている。

こうしたことは、あとで立ち寄った高畠町郷土資料館での展示と図録（平成七年）で知った。

以前は、この旧高畠駅が町の中心になっていたのだろう。現在の、新幹線が停車する高畠駅周辺に商店が少ないのもうなずける。

旧駅舎の近くには、町役場があるし、新しく整備された商店街もある。旅行者の目をひくのは「昭和縁結び通り」という、昔懐かしい商店街。和菓子屋、豆腐屋、喫茶店、荒物屋、石材店などが並ぶ。喫茶店には、石原裕次郎主演の『嵐を呼ぶ男』の看板が掲げられ、店のなかに入ると、昔の日本映画のポスターがずらりと貼られている。閉館した映画館から譲り受けたものだという。

手元の『全日本映画館録'54—55年版』(キネマ旬報社)を見ると、高畠町には当時、高畠文化会館と、トキワ銀映という二館の映画館があった。

「昭和縁結び通り」には、さらにもう一軒、面白い店があった。

そば屋と酒屋を兼ねた店だが、なかに入ると、思いがけないものが並んでいる。「昭和縁結び通り」は、その名の通り、各店舗が本業とは別に、昭和の生活用具などを展示していて「ミニ資料館」を謳っている。喫茶店が古い映画のポスターを保存、展示しているのはその一例。

そば屋兼酒屋に並んでいたのは映画雑誌「スクリーン」、漫画雑誌「週刊少年サンデー」、それに昔懐かしい受験雑誌「螢雪時代」のバックナンバーもある。よくぞこんなものが保存されている。やはり、所蔵者から寄贈されたという。

この店のおかみさんは親切な人で、町のことをいろいろ話してくれる。耳寄りな話を聞いた。町には、犬を祀った「犬の宮」、猫を祀った「猫の宮」がある。犬と猫の神社が並んでいるのは全国でここだけだという。

商店街のラーメン屋で腹ごしらえをし（山形県はラーメン好きが多いので知られる）、また自転車に乗って、犬と猫の神社に行ってみる。

道路の両側は果樹園、水田になっている。高畠町は、早くから有機農業を始めた町。農民詩人として知られている星寛治《ほしかんじ》さんを中心に一九七〇年代のはじめから取り組んできた。だから、初夏にはホタルがたくさん見られるという。

犬と猫の神社があるのは高安《こうやす》地区。「ホタルの里」を謳っている。高安は、戸川幸夫の直木賞受賞作『高安犬《こうやすいぬ》物語』（昭和二十九年）で広く知られるようになった。高安犬は、純粋な日本犬。がっちりとした猟犬で、昭和のはじめ頃までは、高安で熊猟をする猟師に飼われていたが、現在は絶えてしまったという。

「犬の宮」は、高安地区の杉林のなかにあった。無住の神社だが、社《やしろ》に犬の写真がたくさん貼ってあるのに驚く。愛犬家が、亡くなった犬の供養でこの神社に来て、写真を残してゆくようだ。「犬の宮」の脇には、『高安犬物語』の一節を刻んだ文学碑もあった。「猫の宮」は、「犬の宮」のすぐそばにある。どちらも、昔、村の人が犬と猫に助けられ、その恩に感謝して祀ったものだという。「猫の宮」の社にも、亡くなった猫の写真が千社札のようにたくさん貼られている。どの写真にも「ありがとう」と書かれているのに、涙を誘われる。

こんな神社まであるのだから、高畠町が好きになってしまう。日本の地方には、いい町がまだまだたくさんあると心強くなる。

自転車でまた高畠駅に戻る。四、五時間、走ったことになろうか。駅のなかにあるレストランで飲むビールがうまかった。新緑の季節にまた来よう。

朝、一時間ほど善福寺川緑地（杉並区）を散歩する。

桜が終わり、これからは新緑の季節。散歩がますます楽しくなる。

緑地に和田堀池という溜め池がある。昭和十年代に作られたという。

この池で去年の十一月に「掻《か》い掘《ぼり》」が始まった。水を抜いて、〝池の掃除〟をする。春になって、また水が入った。

かいぼりでは、捕獲された魚が在来種と外来種に分けられ、外来種は除去される。和田堀池には、在来種と外来種を絵で説明する看板が建てられた。

それを眺めていて驚いたことがある。

圧倒的に外来種のほうが多い。アメリカザリガニをはじめ、飼っていた人が放したらしいミシシッピアカミミガメという大きなカメもいる。

それに比べ在来種は、フナ、ウナギ、ナマズなど数が少ない。外来種に圧倒されている。さらに驚いたのは、コイが外来種に分類されていること。コイは昔から日本にいる在来種だとばかり思っていた。コイが外来種だったとは。

善福寺緑地の一角には、最近、朝早く望遠レンズ付きの立派なカメラを持った人が、十人から二十人ほど集っている。レンズは高い木の上に向けられている。

聞けば、ワシが巣を作っているという。都会では珍しいらしい。この緑地には、清流にしか棲まないというカワセミもいるし、なかなかいいところだ。

（「東京人」二〇一八年六月号）

東北のヨコ線、陸羽東線で岩出山へ。

東北のヨコ線（東と西を結ぶ鉄道）のひとつに、陸羽東線《りくうとう》がある。宮城県の東北本線小牛田《こごた》と、山形県の奥羽本線新庄を結ぶ。大正六年に全線開業。沿線に温泉が多いのと、芭蕉ゆかりの地が多いので「奥の細道湯けむりライン」の愛称がある。

この陸羽東線に以前から降りたかった駅がある。小牛田から八つ目になる岩出山《いわでやま》駅（大正二年開設）。岩出山町（宮城県大崎市）の玄関口になる。

心に残る東映時代劇の一本に、昭和三十一年に公開された佐伯清監督の『大地の侍』がある。原作は、北海道当別町出身の本庄陸男《むつお》が昭和十四年に発表した長編小説『石狩川』。

戊辰戦争のとき、幕府側として戦い、敗れた東北の小藩が、維新後、敗者となり廃藩同然に追い込まれる。

やむなく藩主（伊藤久哉）は、家老（大友柳太朗）の進言を入れ、北海道開拓の道を選ぶ。志を持つ家臣たちが家族を連れ、それに従う。『大地の侍』は、その北海道開拓の苦難の物語。この開拓によって生まれた町が当別。

二〇〇三年、それまで『大地の侍』はフィルムがないとされていたが、当別町に保存されていたことがわかり、札幌で上映会が開かれた。

北海道開拓の物語だけに、札幌の会場のホールは超満員。最後、一時、国に帰った藩主が多くの新しい家臣を連れ、雪原の向うに姿を見せる。雪のなか、飢えに耐えながら藩主を待っていた者たちが、走り寄る。この最後は実に感動的で涙を禁じ得なかった。

それだけに、いつか岩出山に行きたいとずっと思っていた。連休前の新緑の美しい一日、今だと新幹線に乗った。

古川まで行き、そこで陸羽東線に乗り換える。二両の気動車。平日の午後なので空いている。田園地帯を走る。このあたり、まだ田植えは始まっていない。徐々に田に水が張られているところ。

三十分ほどで岩出山駅に着く。木造平屋の小駅だが、駅員がいる。駅舎の隣りに鉄道資料館が作られ、陸羽東線がジオラマになっている。タブレットやサボ（行先表示）なども展示されている。地元の人の鉄道への愛着を感じさせる。

駅前には、ディーゼル機関車が静態保存されている。駅員に聞くと、昭和三十年代まで駅から町の北を流れる江《え》合川《あいがわ》の河原まで、砂利を運ぶ小さな鉄道があって、そこで使われたものだという。町の人にとってこれも大事なものなのだろう。

駅から西へ少し歩くと町なかに入る。商店が多くなる。再開発されたきれいな通りがあり、その一角に芭蕉の像が建てられている。「おくのほそ道」の旅で、芭蕉は岩出山で一泊したという。

商店街の突き当たりの小高い山の上に、かつて岩出山城があった。伊達政宗が仙台に移る前に作った城で、城跡の公園には伊達政宗の像がある。歴史のある町だとわかる。『大地の侍』のときの藩主は、伊達邦直。伊達藩の支藩。一万五千石ほどの小藩だった。

町（人口は約一万一千人）は「小京都」を謳っている。歩くと、造り酒屋がある。三階建ての木造の旅館がある。他方、モダンな割烹料理店もある。静かな、落ち着いた町で、昼食をとるために入った、家族で開いている食堂も、くつろげるいい店だった。

何より素晴らしいのは、町なかを内川という清流が流れていること。伊達政宗が作った灌漑用水だという。水量豊か。川べりは散歩道になっていて、そこを一時間ほどかけて歩く。コブシとサクラが一緒に咲いている。新緑が芽生えている。時折り、ウグイスの声が聞える。川幅は三メートルほど。随所に橋が架かっている。木橋もある。九州の水の町、柳川に似ている。

町なかに清流が流れているのは心落ち着く。川べりに碑があった。町を訪れた文化人の名が刻まれている。なかに新珠三千代の名があるのが嬉しい。人生訓の言葉ではなく、ひとこと「花」とあるのが慎ましい。

この川と山を借景とするように、大きな庭が作られている。有備館《ゆうびかん》という家臣子弟のための学問所があり、その屋敷を囲むように江戸時代に作られた庭が広がっている。池もある。

二〇一一年三月十一日の東日本大震災のときに、この有備館の主館は倒壊したという。岩出山はかなり内陸の町だが、そこでも被害があったか。

庭をめぐる木々のなかに、京都冷泉家から送られた吉野の桜がある。江戸時代のもの。なぜ京都の公家が、岩出山に縁があるのか。

現在の冷泉家当主冷泉為人著『冷泉家・蔵番ものがたり「和歌の家」千年をひもとく』（NHKブックス、二〇〇九年）によると、江戸中期に、冷泉家の姫が二代にわたって岩出山伊達藩に嫁いだという。小藩だが、和歌を愛する雅びの藩だったことがうかがえる。

有備館の隣りに公園がある。以前、片倉製糸の工場があった。公園の入り口に「越鳥南枝《えつちようなんし》の碑」という碑が建てられている。

戊辰戦争後、北海道にわたって開拓に苦労した家臣たちの名が刻まれている。「越鳥南枝」とは、北へ渡った鳥たちが南の故郷を思うという意。

長年、住み慣れた土地を離れる。つらいことだったろう。開拓団（「先駆者」）は明治四年、五年、十二年と三回にわたった。『大地の侍』でも描かれたが、北海道に行った者と故郷に残った者とのあいだには、わだかまりがあった。無理もない。

現在では、岩出山がある大崎市と当別町は姉妹都市になっている。「越鳥南枝の碑」もふたつの町の共同によって作られている。

ちなみに、当別町は、観光客にもよく知られているチョコレート会社のロイズコンフェクト本社があるところ。以前、ここを訪れたとき、建物内に『石狩川』を書いた本庄陸男の文学資料室があり、また、敷地内に当別出身のこの作家を顕彰する文学碑が建てられていて、うれしく驚いたものだった。

当別は、札幌に近い、緑豊かな町だが、そういう町が、戊辰戦争に敗れた東北の小藩の「侍」たちによって作られていったという史実は記憶に留めておきたい。

映画『大地の侍』のフィルムを、長く当別町が保存していたというのも、自分たちの出自をきちんと記憶しておきたいからだろう。

有備館の前に、ガラス張りのコの字形のしゃれた建物があった。公民館の集会所になっている。そこに鉄道の駅が併設されている。

陸羽東線の有備館駅。一九九六年に、有備館と庭園への観光客のために新しく建てられた。岩出山駅の隣りになる。ホームそのものは一本しかない小駅だが、ガラス張りの公民館に併設され、コの字形の開口部に作られているのでモダンな感じがする。ポケット・パークのなかを鉄道が走っているよう。

この駅から陸羽東線の下りに乗り、新庄まわりで帰った。

四月三十日は荷風忌。明治大正を生きた荷風は昭和三十四年四月三十日、午前三時頃に逝った。一人暮しだったから、誰にも看取られることはなかった。

荷風ゆかりの三ノ輪の浄閑寺では、昭和三十九年から四月三十日に荷風忌が行われている。途中、中断もあるが、今年で四十九回目になる。浄閑寺の継続の努力には頭が下がる。大勢の荷風ファンに支えられているのだろう。

今年、講演に呼ばれ、「荷風の描いた老人」について話をした。荷風文学の特色は、老人の生き方に理想を見たことにある。多くの明治の作家たちが青春を描いたのに対し、荷風は老年にこそ価値を見ようとした。

荷風忌に招かれたのは三回目。はじめは、一九九七年。拙著『荷風と東京』（都市出版）を出版した翌年のこと。当時、五十代のはじめ。まだ若かった。

それが今では、七十歳を超えている。それだけに荷風の描く老人に、以前より興味を持つようになっている。

荷風ファンは圧倒的にシニアが多い。この日の荷風忌の参加者も大半がシニア。それだけにこのテーマは、話がしやすかった。

浄閑寺の現在の住職の姉になる近代文学研究者の戸松泉さんとは縁がある。

戸松さんの東京女子大学時代の先生と、私の麻布高校時代の先生が、佐藤勝先生（近代文学研究者、帝京大学名誉教授）で同じ。いわば兄妹弟子になる。

そんな縁があって今年も荷風忌に招かれた。二〇〇三年の荷風忌には、佐藤勝先生と対談している。私が明治以降の日本文学に興味を持ったのは、佐藤先生の影響が多い。

そういえば、以前、戸松泉さんと佐藤先生のお宅に伺ったこともある。佐藤先生は二〇一五年に亡くなられた。

今回、戸松さんから、これまでの荷風忌の記録を見せてもらった。

それによると当初、いまは亡き錚々たる文学者が講演している。昭和三十九年の第一回は、文学散歩で知られる野田宇太郎と、荷風と交流があった英文学者の戸川秋骨の娘、戸川エマ。以下、種田政明、勝部真長、本間久雄、岡野他家夫《たけお》、成瀬正勝と続いている。

昭和四十二年の第四回には、完璧な荷風研究で知られる秋庭太郎が講演している。当時、大学生の青二才だった身では、とてもまだ荷風忌に出かけることなど思いつかない。志があれば、秋庭太郎の話を聴けたのにと、いまごろになって悔まれる。

昭和五十一年の第十三回には、高橋俊夫さんの名がある。江戸文学に詳しい篤実な荷風研究家。お会いしたことはないが、何度か丁寧な御手紙をいただき、江戸文人について御教示を受けた。この方も先年亡くなられた。
荷風忌が次第に歴史になってきている。

（「東京人」二〇一八年七月号）

あとがき

「東京人」二〇一五年八月号から二〇一八年七月号まで連載した「東京つれづれ日誌」をまとめた。『そして、人生はつづく』（平凡社、二〇一三年）、『ひとり居の記』（平凡社、二〇一五年）に続いて三冊目の日記になる。

愛読するアメリカの詩人、作家のメイ・サートンは『独り居の日記』（武田尚子訳、みすず書房、一九九一年）以降、毎年のようにその年の日記を読者に届け、老年の豊かな孤独を語り続けたが、その営為に見習いたいと思っている。

孤独を慰めてくれるものは本であり、音楽であり、映画であるが、何よりもの友は旅になる。自由業の数少ない特権のひとつは、思い立った時に一人で旅に出かけることが出来ることだが、家内を失なって一人暮しをするようになってから、以前にもまして一人旅が多くなった。

ローカル線に乗って、降りたことのない駅で降りて、町をただ歩く。駅前に昔ながらの食堂があれば有難い。列車の待ち時間にそこでビールを飲む。一人旅のもっとも贅沢な時間だと思う。

永井荷風に惹かれるのも、荷風が一人暮しを愛し、メイ・サートンと同じように「豊かな孤独」の良さを知っていたからだろう。「雪の日」（昭和十九年）という随筆のなかで荷風は書いている。「生きてゐる中、わたくしの身に懐しかったものはさびしさであった。さびしさの在つたばかりにわたくしの生涯には薄いながらにも色彩があつた」。

荷風の「さびしさ」とは、「豊かな孤独」のことだろう。

ローカル線の旅や荷風への傾倒に比べると台湾に惹かれることは、人とのつながりへの思いのためかもしれない。

知り合った台湾の人たちは、本当にいい人が多く、彼らと会い、話し、食事をし、時に酒を飲む。その暖かさに心動かされる。自分は相手のことを必要としている。相手も自分のことを必要としている。その事実は、生きていることの「色彩」になる。二〇一五年から始まった台湾行きは、私に一人旅とは違う「色彩」の輝きを教えてくれている。

昨二〇一八年の十一月、私に台湾の良さを教えてくれた翻訳家の天野健太郎さんが癌のために急逝した。まだ四十七歳だった。これには本当に驚いた。大仰ではなく人の世のはかなさを思い知らされた。七十代になる私に台湾文化の多様な良さを教えてくれた天野健太郎さんに感謝したい。

「東京人」編集部の田中紀子さん、田中さんと共に台湾行きに同行してくれる新潮社の楠瀬啓之さん、通訳をしてくれるエリーさんこと黄碧君さん、いつも有難う。

また前二冊と同じく平凡社の日下部行洋さん、版画家の岡本雄司さん、デザイナーの折原若緒さんにお世話になった。御礼、申し上げる。

川本三郎

二〇一九年二月

〈初出誌〉
「東京人」二〇一五年八月号〜二〇一八年七月号掲載
「川本三郎　東京つれづれ日誌」

川本三郎

評論家。一九四四年東京生まれ。著書に、『大正幻影』（サントリー学芸賞受賞）、『荷風と東京』（読売文学賞受賞）、『林芙美子の昭和』（毎日出版文化賞、桑原武夫学芸賞受賞）、『白秋望景』（伊藤整文学賞受賞）、『小説を、映画を、鉄道が走る』（交通図書賞受賞）、『マイ・バック・ページ』、『いまも、君を想う』、『そして、人生はつづく』、『ひとり居の記』ほか多数。

台湾《たいわん》、ローカル線《せん》、そして荷風《かふう》

二〇一九年三月二十五日　初版第一刷発行

著者　川本三郎
発行者　下中美都
発行所　株式会社平凡社
〒一〇一―〇〇五一
東京都千代田区神田神保町三―二九
電話　〇三（三二三〇）六五八四（編集）
〇三（三二三〇）六五七三（営業）
振替　〇〇一八〇―〇―二九六三九

装丁　折原若緒

印刷・製本　中央精版印刷株式会社

ISBN 978-4-582-83797-1
NDC 分類番号 914.6　四六判（18.8cm）　総ページ 256
平凡社ホームページ http://www.heibonsha.co.jp/